KB212033

아이들이
뛰노는 땅에
엎드려 입 맞추다

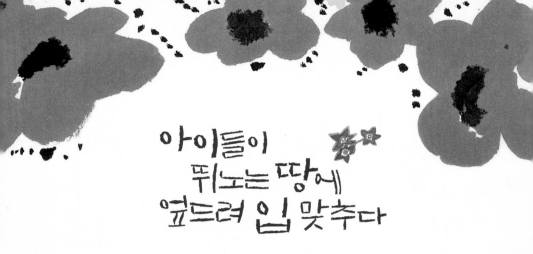

아이들이 뛰노는 땅에 엎드려 입 맞추다

김용택 글 · 김세현 그림

문학동네

　이 글들은 내가 근무하던 초등학교에서 몇 년 동안 여기저기 메모해두었던 생각들을 모은 것이다. 학교를 그만둔 지 1년이 지났다고는 하지만 어찌 내 생을 다 보낸 그 세상 세월을 잊어버릴 수 있겠는가. 때로 아이들이 뛰노는 작은 학교 운동장이 그립다. 나를 바라보던 아이들의 새까만 눈동자들도 그립다. 글들을 모아보니, 새로운 생각들도 있고, 오래 묵은 생각들도 따라 나왔다. 생각하면, 가만가만 눈물이 고여온다. 발표하지 않은 시도 몇 편 여기저기 넣어두었다.

　아이들과 지낸 세월을 지금 생각하니 새삼스럽고 생경하다. 아주…… 정말 생경하다.

　끝으로 아이들과 함께했던 시절을 기록한 『교단일기』(김영사)에 실린 글 가운데 몇 편을 함께 수록했다는 것을 밝혀둔다.

2010년 2월

김용택

차례

제3부 | 꽃들을 따라다니며 시를 쓰다

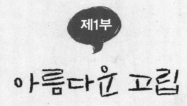

제1부

아름다운 고립

나는 그 어디에도 고개를 숙이기 싫다. 그 어떤 종적인 관계도 나는 싫다. 나는 세상의 진실을 노래하는 시인이고 싶고, 어린이들 앞에 아름다운 삶을 보여주는 선생님이고 싶고, 그리고 후회 없는 삶을 살아가는 한 사람이고 싶다. 나는 고립의 두려움을 모르는 채 진실의 힘을 믿고 오랜 시간 홀로 살았다. 아득한 저쪽, 외로운 청년의 푸른 어깨에 매인 청춘의 그 팽팽한 푸른 끈을, 그 막강하고도 두려움 모르는 외로움의 힘, 그 아름다운 끈을 나는 아직 놓지 않았다.

그리움

그리울 땐

그대 시를 읽습니다.

그대 시는, 제 가슴에

봄, 여름, 가을, 겨울, 그림을 그려줍니다.

사랑합니다.

보고 싶습니다.

언제 만나 이 그리움, 다 쏟아낼 수 있을는지요.

뒤집어진 흙

아침 출근하는데, 소로 밭을 쟁기질하는 농부를 보았다. 땅이 뒤집어지니, 햇살을 받은 새 땅에서는 김이 난다. 갈아엎어지기를 기다리는 땅은 이슬과 물기를 머금고 햇살 아래 반짝인다. 놀랍다, 저 모습은. 논두렁에 마른 풀들도 살아 있다. 뒤집어진 땅 위로 솟은 해묵은 고추 줄기들도 햇살을 받아 눈이 부시다. 죽었어도, 살아 있다. 봄에는 죽은 것이 없다. 땅도 소도 농부도 그 위에 공기도, 소의 콧김이 희고 세차다. 참으로 오래된 농사 풍경이다. 유구함이란 우리 인간들의 마음을 세상 속 중심에 가져다놓는다. 그것이 삶의 중심이고 근본이다. 근본을 잃으면 세상은 중심을 잃고 뒤뚱거린다. 근본을 잃은 정신은 낡고 부패하고 빈한하다. 정신의 가난함이 가져다주는 삭막함이 우리들을 지배하고 있다. 가난한 사람들의 물질적 가난함보다 부자들의 정신적인 가난이 더 초라하고 남루하다. 사람과 사람 사이, 자연과 자연 사이, 자연과 사람 사이의 간격과 균형이 깨져버린 세상은 죽은 세상이다. 새로운 생명의 창조가 없다. 그리하여 오늘날 사람들은 얼마나 잔인한가. 자연을 파괴하는 인간들의 잔인함이, 여러 가지 이성적인 통제 불능의 사회현상으로 나타난다. 자연을 파괴함과 동시에 자기 자신을 파괴하는 잔인함이 어느새 우리 몸에 밴 것이다. 그게 일상이 되었다.

농부가 땅을 고르듯, 마음을 고르라.

싸움

철학은 현실을 검증하고 정리하고 새로운 실현을 거치며 죽기도 하고 살아나기도 한다. 살아나지 못한 것들은 영원히 죽고 산 것은 확대 재생산된다. 재생산된 현실은 전혀 다른 역사적 사회적 책임을 물고 현실로 돌아와 새로운 현실을 밀고 간다. 이와 같은 순환을 거듭하며 다듬어진 생각은 진리가 되기도 한다. 마치 자연의 순환과 같다. 이 순환의 고리가 끊어지고 부서지면 사회는 뒤틀리고 병든다. 이 또한 자연과 같다. 인간들이 만든 사회는 싱그러운 자연이어야 한다. 사회를 지탱하는 것은 생명력이다. 삶에서 나오지 않는, 삶에 뿌리내리지 못한 철학은 순환을 방해한다. 이론과 이념의 죽은 말들이 많은 사회는 병든 사회다. 병이 깊으면 회생 불가능하다. 자생, 자정 능력이 있는 사회는 건강한 사회다. 그러하니, 죽임으로부터 끊임없이 싸우는 시가, 철학이, 예술이 필요하다.

한 번쯤은

시에게 — 정중하리라. 말을 아끼리라. 조심스럽게 시작하리라. 오래 참으리라. 시, 어렵고도 정답게 모셔야 할 시, 귀한 손님이다. 오랜만에 오는 연인이리라. 너는 너무 깊고 깊은 데 있어서 내 손은 닿지 않고 내 영혼이 너를 길어 오리라. 너는 너무나 먼 데 있어서 내 발길이 닿지 않아 내가 '진실'로 부르는 소리만을 듣고 먼 데서 천천히, 불현듯 번개처럼 오리라. 너는 내 생을 환하게 밝혀줄 꽃이리라. 한 번쯤은 세상을 울릴 말이 되리라. 사랑은 낡지 않고 변하지 않는다. 늘 새로운 고통이거나 새로운 환희다. 나는 그걸 믿고 산다.

아름다운 고립

만산에 홍엽이다.

내 마음을 만산에 홍엽이 흔드누나.

진실과 정직이 통하지 않는, 사람 사이에 불신이 팽배한 세상이다. 자기의 영달을 위해 소신을 바꾸고, 신념을 바꾸는 사람들로 넘쳐나는 세상에 우리는 살고 있다.

의례적인 생각이 아니라 늘 신선하고 새로운 생각을 하는 사람들을 만나야 한다. 서로의 생각과 말을 통해 더욱더 정신적으로 풍요로워지고 자유로워지고 성숙해져서 인생을 충만하게 해주는 아름다운 사람들을 만나야 한다. 새로운 세상을 창조해내는, 세상 사람들에게 감동을 주는, 그런 사람들을.

아름다운고립 나는 어디에도 고개를
숙이기싫다 그 어떤 종교인과
게도 나는싫다 나는 세상의진
실을 노래하는 시인이고 싶고 어
린이들 앞에 아름다운 삶을 보여
주는 선생님이고 싶고 그리고 후회

없는삶을   살아가는 한
사랑이고   싶다 나는고립
의아름다움   과 고립의두
러움을 모르는   채 질실의힘
을 믿고오랜   시간 홀로살았다
아득한 저쪽   외로운청년의
푸른어깨끈을   나는 아직내

손에서 둥지 안앉았다만산에
홍엽이다 내마음을 만산에홍엽이 든누나.

나는 그 어디에도 고개를 숙이기 싫다. 그 어떤 종적인 관계도 나는 싫다. 나는 세상의 진실을 노래하는 시인이고 싶고, 어린이들 앞에 아름다운 삶을 보여주는 선생님이고 싶고, 그리고 후회 없는 삶을 살아가는 한 사람이고 싶다.

나는 고립의 두려움을 모르는 채 진실의 힘을 믿고 오랜 시간 홀로 살았다. 아득한 저쪽, 외로운 청년의 푸른 어깨에 매인 청춘의 그 팽팽한 푸른 끈을, 그 막강하고도 두려움 모르는 외로움의 힘, 그 아름다운 끈을 나는 아직 놓지 않았다.

큰 나무

바르고 똑똑하고 정직해도 작은 나무는 사람들이 깔보지만

큰 나무는 함부로 넘보지 못한다.

새집

봄볕이 운동장 가득합니다. 점심시간이면 아이들이 노란 잔디 위에서 햇볕을 차며 뛰놉니다. 아이들은 햇볕을 두려워하지 않습니다. 남자아이들은 공을 차고 여자아이들은 그네를 탑니다. 봄이 되자 새들이 학교 가까이 날아왔습니다. 딱새나 박새지요. 새들은 아이들의 눈을 피해 학교 곳곳에 집을 짓습니다. 죽은 풀을 물어 나르고, 죽은 나뭇가지들을 물어 날라 털갈이한 자기 털로 포근한 집을 짓습니다. 그리고 거기다가 알을 낳지요. 알을 품었다가 새끼가 알에서 나오면 새들은 또 마을이나 들이나 숲을 돌아다니며 벌레들을 물어 나릅니다. 새들이 푸른 벌레를 물고 집으로 들어가는 모습은 아름답지요, 작은 생명들의 저 숭고한 행위들은 눈이 부십니다.

　새들이 커서 새집에서 나와 날기 연습을 하는 것을 나는 해마다 봅니다. 작은 딱새나 박새 새끼들이 나뭇가지에서 나뭇가지로 날아다니는 모습은 언제 보아도 웃음이 나옵니다. 너무 작고 귀여운 새들이 날아다니는 모습을 혹 보셨는지요. 자기가 가고 싶은 곳 끝까지 날지 못하는 새 새끼들을 혹 보셨는지요. 딱새는 살구가 익을 무렵 살구나무 가지를 포롱포롱 포로롱 날아다닙니다. 나는 아이들과 새들이 나는 모습을 오래오래 바라봅니다. 그 새들이 마치 우리 아이들 같거든요. 세상을 나는 일이, 어렵고, 낯설고 서툴지요. 그렇게 자기 새끼들을 키워 날려 보내면 새들은 자기들의 집을 버립니다. 새들은 자기가 지은 집에서 새끼만 길러내면 집에서 살지 않는답니다. 그냥 자기들이 늘 자는 나뭇가지 위에서 자지요. 새들은 집을 버립니다. 죽은 풀과 죽은 나뭇가지와 자기 깃털로 만든 집을요. 그 집은 금세 자연으로 돌아가버리겠지요.

새

    학교에 갔다 와서 다섯시쯤 돼서, 새가 우리 집 마당에서 무엇을 먹고 있었다. 새를 다른 데로 날아가게 해서 한번 무엇인가 하고 가보았는데, 개미가 죽은 것을 먹고 있었다. 정말 이상했다. 그리고 집에 들어가서 놀다가 짹짹 소리가 나길래 한번 나가봤는데 세 마리가 또 이상한 걸 먹고 있길래 돌멩이로 쫓아내고 또 가봤는데 아무것도 없었다. 나는 다시 희성이 형아하고 놀았다.

2학년 문성민

늘 놀랍다

　오후에 소파에 앉아 졸고 있는데, 소희, 승진이, 희진이, 연희가 차례로 들어와 3학년 언니가 자기들을 괴롭혔다고 이른다. 내 앞에 나란히 서서 조잘거리는 모양들이 한 명 한 명 따로따로 어찌나 예쁜지 애들이 하는 말을 하나도 안 듣고 나는 아이들의 입과 몸짓과 얼굴 표정만 바라보았다. 아이들 모습은, 하는 짓은 어찌나 저리 예쁜지, 2학년은 아무리 보아도 아무런 계산이 없는 순수한 사람이다. 사람이 저렇게도 계산을 안 하고 자기의 생각을 저렇게나 강렬하게 주장하다니, 놀랍다.

그냥 사는 사람

겉옷보다는 속옷이 깨끗한 사람
속옷보다는 피부가 깨끗한 사람
피부보다는 그 속의 피가 깨끗한 사람
맑은 피보다도 영혼이 깊고 깨끗한 사람
······ 이런 말도 모르고 그냥 사는 사람.

표현

    자기의 인생을 실은 삶의 표현은 힘이 있고, 서럽고, 눈물 나고, 아름답고. 그리고 행복하다. 진지함과 진정성은 사람들에게 감동을 준다. 삶이 그러해야 하고, 예술이 그러해야 하고, 정치가 그러해야 한다. 인간의 행위가 자연에 가장 가까워야 한다. 그래야 그 빛이 아름답다. 꽃들을 봐라. 얼마나 품위와 예의와 권위와 아름다움을 갖추었는가.

거짓논문들

　지금은 어떤지 모르지만 내가 알기로는 교사들의 승진을 위한 점수 따기 논문들은 거의 다 작년 것을 올해 것으로 이름만 바꾸고 통계 숫자만 바꾸어 작성한 것이라고 한다. 아니면 이 도道의 것이 저 도로 가고 저 도의 것이 이 도로 오는 식으로 연구 논문, 연수 논문 들이 돌고 돌았단다. 다들 그렇게 해서 점수들을 땄단다.

　자기 연구 실적도 아닌 글들을 가져다 점수를 따고도 전혀 부끄러운 줄을 모르는 게 우리 현실이다. 어디 이런 사실이 초등학교에만 국한되겠는가. 점수를 따려고 물불을 가리지 않는 이 천박한 출세주의가 판을 치는 한 이 악순환은 끝이 없으리라. 중고등학교, 대학에서도 이런 일이 숱하게 벌어지지 않는다고 누가 자신 있게 말할 수 있을까? 대학에서 논문을 사고판다는 말도 예부터 귀에 못이 박이도록 들었다. 정부 고위직에 들어가려는 교수들 모두 하나같이 논문 표절 시비에 안 걸려든 사람이 없다.

그러고도 우린 잘 살고 있다. 거짓말을 하고도, 남의 논문에 자기 이름을 붙여서 내고도 전혀 부끄러운 줄을 모르는 이 거짓말 같은 거짓말들이 대명천지에 버젓이 활개를 치고, 그런 거짓말 같은 사람들이 출세라는 것을 한다. 거짓말을 하고 나서 아이들 앞에 서서 무엇을 가르치는가. 거짓이 통하는 사회, 거짓이 판을 치는 사회, 요령으로 아이디어로 교육을 하는 사회…… 이것이 바로 우리 교육 현실이다. 싱그러움을, 활기를 잃어간 지 오래되었다. 그 위에 아이들과 교사들의 점수가 높이 쌓여간다.

가시

살을 다 발라버린, 가시만 남은 고기처럼 마음이 앙상하게 초라
해질 때가 있다.

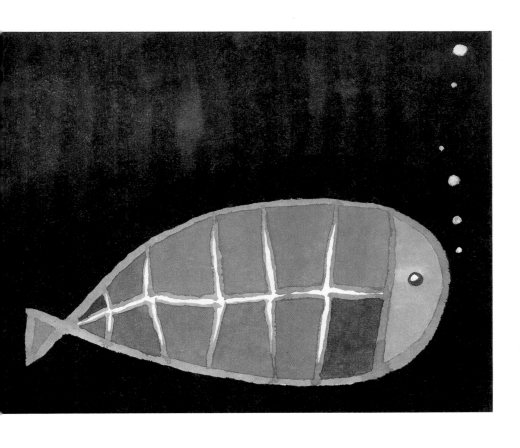

정리

삶을 바르게 정리한다는 것은 인격적인 성숙을 의미한다.

늘 그렇듯 삶의 핵심에 가 닿을 때 가장 현실적이고 설득력 있는 말이 나온다.

아주 세련된 현실인식이야말로 곡식들이 잘 자라는 정신의 밭을 갈아엎어 빛과 바람을 주고 기름지게 한다.

그것은 움직일 수 없는, 훈훈한 인격과 바른 덕성을 갖는 일이다.

오래오래 마을을 지켜보며 서 있는 큰 나무같이 넉넉하고 후덕한 모습은 늘 나를 가다듬게 하고 바로 세운다.

벚나무

벚나무는 아름다운
꽃이 핍니다.
나는 아름다운 벚꽃을 보면
마음이 조용해집니다.
나는 그게 아주 좋습니다.

1학년 윤예은

너

꽃 피는 봄,

차분하고 잔잔하게 친절하고 예의 바르게, 그렇게 꽃을 보고
싶어.

꽃이 나를 알아볼 수 있도록 그렇게. 오래오래 조용히 너를 바라
보고 싶어.

온몸이, 그 주위가 다 환해지는 너를.

어머니

어머니는 우리들이 동네 친구들과 싸우고 울고 들어오는 꼴을 보지 못했습니다. 밖의 일을 안으로 가져온다고 혼이 났지요. 거지도 우리 밥상에서 밥 먹게 했고, 친구들하고 같이 있다가 먹을 것을 주면 우리들은 안 좋은 것을 주고 다른 동무들은 늘 좋은 것을 주었지요. 일을 아주 공평하게 했지요. 형제들이나 동서들이나 시어머니도 우리 어머니는 믿고 좋아했습니다. 동네일을 늘 남의 일 같지 않다고 했습니다. 우리 집 강아지도 우리가 예뻐해야 동네에 나가면 동네 사람들이 예뻐한다고 했지요. 동네 사람들은 어머니를 싫어하지 않았습니다. 먹을 것들을 늘 나누어 먹었습니다. 우리 집에 오이나 가지가 잘되면 아무 집이나 마루에 놓고 왔습니다. 우리 집 마루에도 늘 그런 것들이 놓여 있곤 했습니다. 노인들에게 늘 잘했지요. 우리 어머니는 눈물 나는 어른입니다. 아름다운 마음을 가지고 있고, 노래도 잘 부르지요. 지금도 늘 마음이 열려 있어 젊은이들도 다 받아들입니다. 막힌 곳이 없는 트인 분이지요. 우리 어머니는 복을 받은 분이죠. 나의 아내가 우리 어머니를 알아줍니다. 이 세상에서 그 누가 나를 알아주는 것만큼 행복한 일은 없지요. 죽어도 여한이 없는 삶을 산 분이 우리 어머니일 것입니다.

대화

아침에 어머니께 전화를 한다.

"거기, 비 왔어요?"

"아니, 안 왔다. 배추 심으려고 하는데, 뜨거워 벼잎이 탄다."

"여기는, 어제 천둥 치고 비 왔는데요."

"그려."

"요즘 시원하죠?"

"뭐시그려, 어제는 덥드만."

"어제는 더웠지요."

"귀뚜라미가 울더라. 찬바람 나면 귀뚜라미가 울거던."

"귀뚜라미가 울어요?"

"그려. 어디, 안 가냐?"

"내일 부산 가야 해요. 모레는 광주 가고."

"바쁘다. 사람은 바빠야 혀."

"별일 없죠?"

"그럼, 너그는?"

"우리도요."

"밥은 묵었나?"

"아니요."

"그려그면, 잘 있거라."

"예, 또 전화할게요."

참새

　내 방 앞 유리창을 열어놓았더니, 방충망에 하루살이들이 붙어 있다. 그 하루살이를 참새란 놈이 달려들어 차간다. 벌레를 차가기 위해 발발거리는 참새의 정면 모습이 완전히 다 보인다. 귀엽다. 참새도 나를 보았나보다. 짜식, 아직도 벌레가 한 마리 붙어 있다. 또 오겠지. 지금이 새끼를 기를 때다. 푸른 나뭇잎들 사이로 푸른 벌레들을 물고 새들이 날아다니는 모습은 빛나는 모습이다. 몸이 저렇게 생명으로 빛나야 한다. 참새들은 언제 죽을까? 참새들은 언제 어디서 죽을까? 자연사한 새들의 사체를 보지 못했다.

　참, 하루살이들은 입이 없답니다.

꿈

눈이 온다.
눈을 보고 있다.
꿈이 아닐까. 눈이 나를 보고 있는 것이 아닐까.
내가 지금 꿈을 꾸고 있는 것이 아닐까.
인생은 꿈인지도 모른다.
인생이 꿈이라고 생각하면 슬프다.
슬프지 않은가.
인생은 슬프다.
내리는 눈이 슬프듯이
허무하잖아, 생이. 저만큼에서
반짝 아름답다.

천릿길도 한 걸음부터

한 걸음이 두 걸음이 된다.
두 걸음이 되면 세 걸음은 쉬워지고 열 걸음이 되면
열한번째 걸음은 더 쉬워진다.
스무 걸음이 서른 걸음이 되고
일백 걸음이 모이고 쌓여 998걸음이 된다.
999걸음의 힘을 너는 믿어라.
그 힘이 천 걸음을 딛게 한다.
땅이 울리리라.
한 발 내딛는 그 발걸음이 늘 새 걸음이어라.
새로 닿는 땅이 환하게 눈뜨는 새 땅이어라.

있는 놈

   택시를 탔는데, 택시 운전사가 '있는 놈들만' '있는 놈들만' 한다. 있는 놈들의 '놈' 속에는 있는 놈들이 성실하게 일해서 '있게' 되지 않았고, 정당한 방법이 아닌, 구린내 풍기는 부정으로, 돈을 벌어들였다는, 내가 벌 돈을 저놈들이 부정으로 빼앗아갔다는 강한 불만과 분노가 담겨 있다. 그렇다면 있는 '놈'들은 '없는 놈'들에게 '없는 것들'에 대한 표현을 어떻게 할까. 나는 아직 있는 놈들을 만나보지 못했기 때문에 '그놈'들의 말을 듣지 못해, '있는 놈'들의 '없는 놈'들을 향한 욕을 듣지 못했다. 이렇게 있는 놈들과 없는 놈들로 서로 적이 되는 사회는 극히 불안한 사회라는 사실이다. 눈에 보이지 않는 충돌들이 불꽃을 튀긴다.

나뭇잎의 소리

살랑 바람이 분다. 오늘 처음으로 나뭇잎 부딪치는 소리를 들었다. 나뭇잎이 이제 살이 차고 두꺼워졌다는 증거다. 시간이 흐른 것이다.

나뭇잎들이 흔들린다. 아주 부드럽고도 감미로운 흔들림이다. 그 나뭇잎의 흔들림 속 어디선가 새가 운다. 나무와 새.

"과학적이고 심미적인 관찰력"
"창조적이고 능숙한 글쓰기"
"탐구심, 독창성, 통합력"
"명상, 집중, 자가 치유"

"자신감과 자신을 표현하는 능력"

—클레어 워커 레슬리, 『자연 관찰 일기』
(박현주 옮김, 검둥소, 2008) 중에서

    자연에는 엄청나게 풍부한 이야깃거리가 여기저기 흐드러져 있다. 그저 이것저것 주워다가 들려주면 된다.
    자연을 유심히 보고 그 움직임들을 주시하라.

절

어떤 이는 절에다가 걱정을 부리고 가고
어떤 이는 절에 가서 걱정을 싸들고 온다.
퇴직을 앞둔 내 삶이 무거워 절에 들어 내 근심과 걱정을 부려두
고 왔다.
늘 내 생각이 옳다. 마음 가는 대로만 한다면.
그 생각대로 살 것이다.
아무런 욕심도 다 버리고
슬리퍼 신고 더러워진 강물을 보며 강변을 할 일 없이 소요하며
살 것이다.
내 살아왔던 인생 쓸모없는 것들 절에 다 두고 왔으니

시인으로 옛날로, 살 것이다.

절은 늘 그들의 뒷모습을 가만히 보고 있다.

여야: 여성 대변인

천사 같은 얼굴을 하고 악마 같은 말들을 한다. 우리 민해가 여야 여성 대변인들의 말싸움을 보며 한 말이다. 정말 그렇다.

협상

어떤 사람은 남이 말할 때 남의 말은 듣지 않고 자기가 할 말만 골똘히 생각한다.

어떤 사람은 자기의 생각을 쥐고 있으면서 남의 말을 자세히 듣는다.

앞사람은 협상에 실패하거나 지고

뒷사람은 협상에 이기거나 최소한 본전은 챙긴다.

상대를 이길 수 있는 방법은 늘 상대방의 말 속에 숨어 있기 때문이다.

실마리

일상적인 생활 속에서 자기에게 처한 어려움들을 잘 들여다보면 그 끝이 보인다. 어느 구석이나 어느 굽이나, 그 일을 해결할 실마리가 보인다. 그 실마리 끝을 잡고 천천히 따라가면 환한 끝이 반드시 보인다. 잘못은 늘 나한테 있다. 그 끝에 내가 있다.

제주도

더위가 한풀 꺾이는가보다. 선선하다. 이틀간 제주도에 가서 놀았다. 아름다운 섬, 제주도. 제주도를 가보면 많은 생각이 난다. 육지인들에게 제주도는 이국적이다. 나무, 분지, 해오름, 풀, 한라산, 해안선, 특히 해안선이 아름답다. 돈 들여 가꾸지 말고 집도 길도 숨겼으면 좋겠다. 우리는 집이나 길이나 축조물 들을 너무 드러낸다. 해안선을 따라 세워놓은 큰 돌들이 거슬린다. 흉물스러운 집이나 길 들이 너무 많다. 영화 박물관 앞 해안선은 너무나 아름다웠다. 절벽 끝에 시멘트로 나무토막처럼 만든 보호대들은 왜 그리도 촌스러운가. 꼭 무슨 안전장치를 해놓아야 안심하는 관리들의 전형적인 사고에서 나온 장치다. 곳곳에 가면 꼭 그런 장치들이 자연

경관을 결정적으로 해친다. 관리들은 시민들을 못 믿는 것이다.

　말이 나왔으니 말하지만, 우리나라 모든 관청 정면에 걸어놓은 그 관청의 구호들을 뗄 때도 되었다. 우리나라 모든 도시 입구에 바르게살기운동 단체에서 '바르게 살자'라는 말을 새겨 세워둔 돌도 이제 알 만큼 알았으니 거둘 때도 되었다. 아니, 우리 국민들이 무슨 유치원생들인가. 각 도의 경계를 들어설 때 높이 걸린 '청정 어디어디' '교육문화도시' '충효충절의 도시'라는 간판들도 이제 떼자. 그런 간판들을 볼 때마다 나는 슬프다. 우리들의 문화 수준이 초등학교 2학년 수준을 밑돌고 있어 정말 괴로운 것이다.

　제주도의 모든 건축과 길과 축조물 들을 관리하는 전문가 단체가 필요할 것 같아서 이런저런 생각이 났다. 국토와 교육과 나라의 설계는 정권과 상관없어야 한다. 정권은 5년이고 국토는 영원하다. 아름다운 길 양쪽에 서 있는 꼴사나운 전봇대들을 없애고 전선을 지하로 묻은 일은 잘한 일이다. 예산이 들어가도 없앨 것은 없애야 한다. 전봇대가 없는 길과 도시를 보면 가슴이 후련하다.

사랑

늘 보이던 것이
오늘 새로 보이면 그것이 사랑이다.
아니면, 이별이거나.

늦가을 햇살 한 줌

올해는 나무마다 단풍이 다 곱다. 학교 운동장 가에 있는 벚나무 단풍도 곱게 물들어 천천히 진다. 먼 마을에 노랗게 서 있는 은행나무는 평화롭다. 마을 뒷산 아래 붉게 물들어 있는 붉나무는 올해 더 붉다. 붉나무는 일찍 붉게 물들었다가 늦게까지, 서리를 맞고도 그 붉은색을 잃지 않는다. 빈산 밭에는 감들도 잎을 다 떨어뜨리고 붉다. 올해는 감들이 많이 열렸는데, 크고 탐스럽다. 학교 뒤에 있는 빈 밭에 가 감나무 아래에 서서 한쪽이 검게 먹물 든 먹감을 올려다보면 감들이 그렇게 탐스러울 수가 없다. 돌을 던져 감을 몇 개 따 먹는다. 감을 두 쪽으로 쫙 쪼개니 서슬이 퍼르르하다. 떫은 맛이 다 가셨다.

옛날 이맘때면 밭에 보리를 갈았다. 아버지는 앞서서 소로 밭을 갈고, 어머니는 뒤따르며 보리씨를 뿌렸다. 보리씨가 땅에 떨어지기 전에 공중을 내려가며 받은 가을햇살은 눈이 부셨다. 그 뒤를 따르며 나는 몽근 거름을 뿌리고 동생들이 내 뒤를 따르며 보리를 덮었다. 그렇게 보리를 갈다가 쉬는 참이면 우리들은 감나무에 남은 까치밥을 돌로 맞혀 따 먹었다. 몇 개 안 남은 감을 그렇게 따 먹는 맛은 꿀맛이었다. 감을 따 먹고 식구들과 나란히 앉아 강 건너 마을을 바라보면 초가지붕을 이어가는 마을의 가을은 그렇게 정답고 포근할 수가 없었다. 맑은 강물, 강가에 서 있는 희고 고운 손 같은 억새들, 맑은 햇살, 높은 하늘 그리고 농부들의 땅을 향한 느리고 평화로운 움직임들은 한 폭의 그림이었다.

한나절 보리를 갈고 집으로 돌아오면 어머니는 얼른 텃논으로 가서 무를 뽑아다가 생채를 만들었다. 농부들이 곡식을 다 데려가버린 빈 들판에 있는 무밭을 나는 좋아한다. 배추나 무는 찬 서리를 맞으며 자란다. 빈 들을 지나다가 무를 뽑아 무에 묻은 흙을 잔디에 대충 문질러 먹어본 사람들은 알 것이다. 무가 얼마나 빈속을 채워주는 군것질인지를. 빈 들에서 속을 꽉 채워가는 배추, 흰 몸을 땅 위로 쑥 드러내는 무는 생명의 뿌리다. 어쩌면 저렇게 자연의 조화는 아름답고도 무궁하단 말인가.

이제는 늦가을 아침 논이나 밭에서 하얗게 서리를 쓰고 있는 어린 보리 잎을 보지 못한다. 그 보리밭 곁을 지나며 무를 뽑아 풀잎에 쓱쓱 문질러 먹는 사람도 없다. 얼마나 많은 세월이 흘렀는가. 그 세월 동안 우리가 얻은 것과 잃은 것은 무엇인가. 얻은 것은 넘쳐나도 채워지지 않는 부요, 잃은 것은 일상의 안식과 평화 그리고 행복이 아닐까? 마을과 강과 산에, 그리고 손 내밀면 내 손바닥에 떨어지는 늦가을 햇살 한 줌이 곱고 따사롭다.

가을하늘

오늘 하늘이 파랗다.

구름이 뭉게뭉게 떠 있다.

공기도 신선하고 달콤했다.

하늘도 넓었다.

들판이 황금으로 물들어간다.

벼들이 노랗게 익어가는 모습이 풍요롭다.

가을은 곡식과 과일이 익어가는 계절이다.

가을은 추수하는 계절이다.

2학년 양지현

그동안 나는 얼마나 무책임하게 말을 지껄였던가. 말이면 다냐? 라는 말이 있다. 내 시집들을 다시 들춰보니, 가관이다. 낯을 들 수가 없다. 세상에 어떻게 그렇게 말을 함부로 했던가. 정말 말이면 단가? 버릴 수만 있다면 몇 편만 빼놓고 다 버리고 싶다. 내 시 앞에 능잔코(근심과 걱정이 많을 때. 문득 고개를 푹 숙이고 오래 앉아 있는 모습)를 빠뜨리며 나는 새벽에 절망했다.

내 시는 아직도 미숙하다. 아직도 멀었다. 어른스럽지 못하다는 말이다. 나는 문학청년이다. 이 시적 미숙성은 사람들의 정서를 좀먹게 한다. 자기 혼자 간직해야 할 덜떨어진 무책임한, 덜 익은 외로움이 세상을 천박하게 만들고 왜곡시키며 사람들을 미숙한 사회에 머물게 한다.

나는 서정주와 몇 명의 시인과 그들이 쓴 시 몇 편이 시라고 부를 수 있는 시의 경지에 가 닿았다고 본다. '문학인'은 시인이 아니다. 문학인은 문학인이지 시인은 아니다. 문학인이 시인 행세를 한다. '思無邪'라는 말이 있다. 시에 사가 끼지 않았다는 말이다. 시어는 세상에서 나왔으나 세상으로부터 독립된 집이다. 새로운 세상을 창조하는 것이다. 세상이 시에 묻어오면, 묻어나면 안 된다. 세상과 끈을 끊으라는 말이기도 하고 세상과 가장 가까운, 말하자면 가장 현실적이어야 한다는 말이기도 하다. 시는 과학이 아니다. 시는 종교가 아니다. 과학과 종교 위에 시는 존재한다. 그러나 시는 고도의 과학이다. 과학이기도 하고, 과학이 아니기도 하고, 이것이기도 하고 저것이기도 하고 또 느닷없이 이것, 저것이 되기도 한다. 황당함이 아름다울 수 있는 것이 시다. 시의 나라는 무궁무진이다.

반성하자. 무섭도록 반성하자. 치가 떨리게 반성하자. 창조란 생명의 잉태다. 그 얼마나 힘이 드는가. 오랫동안 큰 반성 없이 이어져오는 이 지루한 '서정적' 시의 내용과 형식을 가혹하게 반성하자. 아니면, 쓰지 말자. 그만두자. 시가 죄다. 시인이 세상에 죄를 저지르면 누가 고치겠는가. 끝이다. 새로울 것이 없는 세상을 새로 해석할 힘이 없으면 붓을 저 봄산에 던져라.

제2부

지키고 싶은 것들

나는 잘 살았다. 내가 나를 잘 안다. 나는 이렇게 작게 나만큼만 사는 게 어울리는 아주 촌사람이
다. 사람들에게 좋은 촌사람으로 남으면 좋겠는데 세상을 살다보니 나도 닳았다. 더 순수하게,
순진함을 간직하고 살았어야 하는데 말이다. 그래도 이만큼 산 내가 내게 어울린다. 강가에 서
있는 나무처럼 산 세월이다. 내가 그러길 바라지 않았던가. 어디다 고개 숙이며 살지 않으려 노
력했다. 때론 힘들었으나, 아이들이 옆에 있어 행복했다. 지금도 그렇다.

내 생의 길

사람들은 책 속에 길이 있다고 한다.

맞는 말이다.

그러나 사람보다 큰 책은 없다.

사람이 길이다.

내 생에 아이들이 나의 길이었다.

나는 그 길을 따랐다.

이 세상의 처음도 끝도 사람이다.

가치

가치에 손을 들다.

어떤 놈들은 권력에 손을 든다.

나는 쓰러져도 가치에 기댄다.

비전 없는 가능보다 비전 있는 절망에서 희망을 건다.

희망은 그렇게 온다.

감동이란 그렇게 오는 것이다.

우리는 너무 낡았다.

이 낡은 정치로는 더이상 버티지 못한다.

우리 시대를 정리할 사람이 필요하다.

시대를 정리할 말이 필요한 것이다.

우리 반 소희의 오늘 아침 일기에 이런 말이 쓰여 있다.
"할머니가 머리에 이고 가는 콩이 무거워 보인다."

서쪽으로 기우는 달

"이 세상 모든 사물 가운데 귀천과 빈부를 기준으로 높고 낮음을 정하지 않는 것은 오직 문장뿐이다. 훌륭한 문장은 마치 해와 달이 하늘에서 빛나는 것과 같아서, 구름이 허공에서 흩어지거나 모이는 것을 눈이 있는 사람이라면 보지 못할 리 없으므로 감출 수 없다. 그리하여 가난한 선비라도 무지개같이 아름다운 빛을 후세에 드리울 수 있으며, 아무리 부귀하고 세력 있는 자라도 문장에서는 모멸당할 수 있다." 이인로의 글이다.

"……다리 위에 줄지어 앉았다. 달은 바야흐로 서쪽으로 기울어 순수한 붉은빛을 띠었다. 별빛은 더욱 흔들리며 둥글고 커져서, 얼

굴에 방울방울 떨어질 듯했다. 이슬이 짙게 내려, 옷과 갓이 다 젖었다. 흰 구름이 동쪽에서 일어나 옆으로 뻗쳐가다 천천히 북쪽으로 옮아갔다. 성 동쪽에는 청록 빛이 더욱 짙어졌다."(「취해서 운종교를 거닐다醉踏雲從橋記」 중에서) 연암燕岩 박지원朴趾源(1737~1805)을 만났다. ― 경향신문에서 발췌

아무런 부러움도
어떤 불안도 없이
평온하게
마음을 비운다.
봄이니까.
내 방으로
아이들이,
꽃잎이 날아들 것이다.

공공의 꿈

　중고등학교로 강연을 다니며 자연스럽게 아이들의 꿈을 물어보게 됩니다. 아이들은 좀체 자기의 꿈을 말하려 들지 않다가 조금보채기 시작하면 하나둘 꿈을 이야기합니다. 아이들의 꿈은 대개네 가지 정도로 나누어집니다. 하나는 의사가 되는 게 꿈이고 또다른 하나는 판사나 변호사가 되는 게 꿈이고, 또 하나는 교사가 되는 게 꿈이고, 하나는 과학자가 되는 게 꿈이라고 합니다. 또다른하나는 공무원이라는 아이들도 있습니다. 그런 꿈을 이루면 무엇이 좋으냐고 물어봅니다. 모두들 하나같이 돈을 많이 벌 수 있다고합니다. 돈을 많이 벌어 부모님께 효도한다는 말을 아주 자연스럽게 합니다. 옛날 우리들이 학교 다닐 때 훌륭한 사람이 되어 무엇을 하려고 하느냐고 물어보면 우리들은 하나같이 모두 조국과 민족을 들먹였지요. 공허한 빈말이었지요. 그렇지만 나는 빈말이라도 좋으니, 지금의 아이들 입에서 그런 말이 나오기를 기대할 때도 있습니다. 그러나 여태까지 단 한 명도 그런 '공공의 꿈'을 말하는 학생은 없었습니다. 나는 또 우리나라의 교육이념을 물어봅니다. 모두들 입을 모아 홍익인간이라고 큰 소리로 대답합니다. 그러면 홍익인간이란 무슨 뜻이냐고 물어봅니다. 하나같이 모든 인간에게 널리 이롭게 하는 것이라고 대답을 합니다. 아주 잘 배운 아이들의 이 정답과 꿈은 어쩌면 그렇게도 그 속과 겉이 다른지 나는 놀랍니다.

우리나라의 교육이념이 있습니까. 우리나라의 교육이념은 서울대지요. 인간들의 위대한 꿈과 이념이 사라진 자리를 차지한 것은 왜소하고 치사한 개인이지요. 나만 잘되면 된다는 아주 쩨쩨하고 이기적인 욕심뿐이지요. 우리나라 학부모님들이나 학생들의 꿈이 하나같이 의사요 판사요 교사요 공무원이라는 현실이 나를 부끄럽게 합니다. 우리를 한없이 초라하게 만들어버리지요. 어쩌면 이 세상에 태어난 한 인간의 꿈이 겨우 의사가 되는 것이란 말입니까. 도대체 언제부터 이 나라 어머니들의 한결같은 꿈이 자기 딸이 교사가 되는 것인지, 생각하면 그 꿈이라는 것이 참으로 초라하기만

합니다.

　얼마 전에 하버드대와 예일대와 MIT 대학을 다녀왔습니다. 그 학교에 다니는 한국 학생들을 만나 이야기를 나눌 기회가 있었습니다. 우리나라 학생들이 '아이비리그'에 다니면서 가장 어려운 점이 무엇이냐고 물어보았습니다. 여러 가지 문제 중에서 큰 문제는 우리나라 학생들은 하나같이 하버드에 들어오는 게 꿈이었기 때문에, 인생의 꿈이 이루어졌기 때문에 새로운 시작이 더디고 힘들다는 것입니다. 또 하나는 정답이 딱 하나밖에 없는 공부를 해왔기 때문에 학생들이 하나의 정답을 찾느라 헤맨다는 것이지요. 말하자면 토론에 약하고 에세이에 약하다는 것입니다. 토론과 에세이는 늘 새로운 사고와 창조정신을 요구하지요. 한마디로 말하면 우리나라 학생들은 종합적으로 세상을 바라보고 해석하는 창조적인 사고와 학습에 적응하지 못해 힘들어한다는 것이지요.

　꿈이 의사요 교사요 판사인 것이 나쁘다는 게 아니지요. 또 개인의 꿈을 누가 간섭할 바도 아닙니다. 그러나 대통령이 꿈이어서 대통령이 되면 무엇합니까. 정말 백성과 세상 사람들을 위한, 아름답고 훌륭하고 국민들의 존경과 사랑을 받고 국민들에게 감동을 선사하고 국민들의 환호를 받는 좋은 대통령이어야지요. 대통령이 꿈이 아니라 대통령이 되는 것도 인생의 한 과정이어야 한다는 말이지요. 의사가 꿈이 아니라 훌륭한 의사가 꿈이어야지요. 교사가 꿈이 아니라 정말 위대한 교육자가 꿈이어야지요. 한 나라의 모든 학생들이 '직업'이 꿈인 나라는, 그 나라 사람들 모두 불쌍하고 초라하게 합니다.

점수를 가지고 이리저리 뛸 입시철입니다. 좋아하는 일을 찾으면 열중하게 되고 잘하게 되어 사회에 나가 자기의 몫을 찾을 것입니다. 직업인이 아닌 창조적인 삶을 살 길을 지금 찾을 때입니다. 세상을 가슴에 다 안고 사는 큰 산 같은 사람이 되도록 우리 교육의 큰 그림을 그릴 때입니다.

이 아이들을 어찌할 것인가

　오늘 무덥다. 오늘은 또 이 아이들과 나 사이, 아이들과 아이들 사이, 아이들과 자연 사이에 무슨 일들이 벌어질까. 하루 한시도 조용할 날이 없는 이 통제 불능의 2학년 놈들.

　아침에 현아가 학교에 오지 않았다. 대길이가 장난삼아 내일 학교 안 오는 토요일이라고 했단다.

　1학년 대성이가 아이들이 실내화 신고 밖에 나갔다고 이르러 왔다.

　세희 눈이 퉁퉁 부었다. 할머니가 갑자기 세희더러 서울로 가라고 해서 울었단다. 대길이 말에 의하면 2시간 정도 울었다고 한다. 세희는 아무렇지도 않게 "아냐, 나 한 50분 정도 울었어"라고 말한다.

이 조손 가정의 힘든 아이들을 어찌할 것인가.

아기

아기 얼굴을 보면
왠지 부서질 것 같다.
아기가 방긋 웃으면
너무 귀엽다.

2학년 정현아

아내는 외출중

아내가 없어서 하루 종일
세금 내는 일 때문에 진땀을 흘리며
여기저기 돌아다니며
안절부절못하다가 전주 중화산동
농협 창구에 갔더니,
아가씨가 날 알아보고 어찌나 친절하게 그리고 단숨에, 아무 일
도 없이 잔잔하고도 매우 수월하게 내 일을 해결하고는 "됐습니다.
선생님" 해서
"고맙습니다" 하고 초등학생처럼 크게 인사를 했더니
나를 빤히 쳐다보며, 천진하게 웃잖아. 내가 천진했나봐.

그랬으면 내 인생은 성공한 거야.
웃었어. 나도.
천진하고 싶어.
매사가 처음인 것처럼, 땀나고
신선하고 명랑하게.

앞강에 그 많던 고기들은
다 어디 갔을까

꽝꽝 얼었던 얼음이 풀릴 때쯤 비라도 오면 불어난 강물로 얼음
장들이 둥둥 떠내려간다. 그리고 강가에는 버들개지들이 눈을 뜬
다. 그러면 강 깊은 곳에서 느릿느릿 움직이며 겨울을 지내던 고기
들이 풀려나와 강물을 타고 오르며 먹이를 찾기 시작한다. 그 무렵
우리들은 낚시를 시작하는데, 그때 제일 잘 무는 고기는 피라미와
갈겨니다. 겨울 내내 아무것도 먹지 않고 지내던 고기들은 허기진
배들을 채우려고 아무 낚싯밥이나 잘 문다.

봄철 우리 동네에서 고기가 제일 잘 무는 곳은 징검다리이다. 징
검다리를 빠져나가는 물이 만들어내는 물살을 타고 고기들은 물을
거슬러 올라오는데 우리들은 징검다리를 하나씩 차지하고 고기들

을 낚았다. 미끼는 강변에서 잡은 거미이다. 새 풀이 자라기 시작하는 강변 풀밭을 살살 걸으면 거미들이 풀잎 위로 나와 재빠르게 기어 다니는데 그 거미를 잡아 페니실린 병에 담아 가지고 다니며 미끼로 쓰는 것이다. 징검돌을 넘은 물에 발을 적시면 발이 빨갛게 시리지만 우리들은 시린 발을 동동거리면서 고기를 낚는다. 낚시를 물에 넣기가 바쁘게 고기들은 문다. 물 위를 동동 떠가던 찌가 물속으로 쏙 들어가면 낚싯대를 얼른 휙 낚아채는데 그때마다 어김없이 봄햇살을 받는 고기들이 반짝이며 따라 나온다. 낚싯줄과 낚싯대를 따라 손으로 감지되는 고기의 요동은 우리들의 가슴을 두근거리게 한다. 고기가 문 낚싯대를 빙빙 돌리며 강가로 나오는 것을 본 사람들은 "낚았네!" 하며 고함을 질러준다. 낚싯밥을 문 고기가 빠지지 않도록 낚싯대를 빙빙 돌리며 강가로 나가는 우리들의 눈에 아무것도 보이지 않는다. 나이가 어리고 그해에 처음 낚시를 시작한 아이라면 더욱더. 징검돌을 딛고 강가 안전한 곳까지 가는 길이 멀기만 하리라. 아, 봄햇살에 반짝이는 고기들과 빨갛게 시린 발들이여.

그렇게 얼음 속에서 풀려나온 피라미들이 강물로 풀어져나와 돌아다니면 다른 고기들도 서서히 깊은 강에서 풀려나와 먹이를 찾아 돌아다니다가 봄이 무르익으면 고기들은 이제 짝짓기를 시작하

려 자기 몸들을 예쁜 혼인색으로 단장하고 떼를 지어 강물을 헤엄
쳐 다닌다. 혼인색을 한 고기 중에서 제일 먼저 혼인색으로 황홀하
게 몸을 단장하는 것이 피라미이다. 화려한 색으로 몸을 단장하는
고기들은 대개 수컷인데 피라미는 암컷도 약간의 혼인색을 띤다.
나는 화려한 수컷의 혼인색보다 암컷의 수수한 혼인색이 더 맘에
든다. 암컷의 혼인색은 은근하면서도 은은하고 매우 유혹적이다.
싱싱하고 탄탄하게 살이 오른 피라미들이 떼를 지어 새까맣게 돌
아다니는 것을 보면 저절로 내 몸도 힘이 불끈 솟아났다. 내 몸에
도 봄이 온 것 같았던 것이다.

　짝짓기를 하기 위해 벌건 색과 파란 하늘색으로 단장한 피라미
수컷을 우리들은 '가리'라고 했다. 어른들은 피라미떼들이 자갈밭
에서 물결을 치며 노는 것을 가리한다고 했다. 가리라는 게 아마
짝짓기라는 말로 쓰인 모양이었다. 피라미들이 물이 얕은 자갈밭
에서 짝짓기하며 노는 모습은 찬란해 보인다. 수컷들이 암컷을 차
지하려고 등지느러미가 물 위로 드러나도록 싸우며 쫓고 쫓기는
모습들은 먼 곳에서도 다 보였다. 고기들이 이리저리 쫓고 쫓길 때
튀기는 물방울들은 기운찬 생명의 약동이다. 우리들은 그 고기들
이 노는 곳으로 살금살금 다가가 낚시를 던지기도 했는데 그때 낚
아올린 피라미 수컷은 참으로 기운찼다. 엔간한 낚싯대는 다 낭창

하게 휘어졌다. 힘이 센 놈이 물면 낚시가 뚝 부러지기도 하고 낚 싯줄이 끊어지기도 했다. 피라미들의 놀이는 봄철 내내 강 곳곳에 서 끊이지 않았다. 피라미뿐 아니라 피라미와 비슷한 갈겨니도 피 라미와 함께 같은 시기에 혼인색을 띠는 고기였다. 갈겨니는 우리 들은 '왕둥어'라고 했고, 수컷 갈겨니는 엄청 컸다. 어찌나 크던지 큰 갈겨니가 물면 낚싯대를 돌리지 못할 정도였다. 혼인색도 노란 색과 붉은색으로 단장을 해서 큰 수컷을 잡아 뉘여놓고 보면 너무 크고 색이 신비해서 괴기스러워 보일 때도 있었다. 아름답고 고운 황금색의 고기다.

어제저녁 나는 꿈을 꾸었다. 꿈속에서 나는 맑고 깊은 물속으로 잠수를 했는데 물속 바위틈에서 꺽지라는 고기가 나를 빤히 쳐다 보는 것이었다. 나도 꺽지를 가만히 바라보았다. 눈이 하늘처럼 파 랗고, 눈자위에 가는 실 같은 금가락지 테를 두른 꺽지가 너무도 생생하여 나는 잠에서 깨어나서도 오래오래 잠 못 들고 뒤척였다. 자꾸 옛날 맑은 물속에서 노는 고기들이 어른거렸던 것이다. 그 많 던 피라미와 고기 들은 도대체 다 어디 갔단 말인가.

사람의 길

　품위를 지키자. 누가 뭐라 해도 나는 나의 길을 간다. 마음에 거리낌이 없으면 그 어떤 일에도 미련 없이 도도해질 수 있다. 비굴할 일을 하지 말자. 비겁함을 보일 일을 벌이지 말자. 내 이익을 챙기기 위해서 내 영혼을 다치게 하지 말자.

　일말의 가치도 없는 것들이 판을 친다. 이제 그런 것들에게 지지 않는다. 그런 것들에게 질 나이가 아니다. 인간으로서의 권위와 품격을 갖추고 사람의 본래 품성을 지키는 일이 우리 시대엔 큰일이다. 내게 이익이 돌아올 일이 생겼을 때 더 조심하라. 바른 길, 인간의 길을 가라. 그 길을 벗어나지 말라. 내가 가고자 하는 길을 닦아라. 그 일에 더 신경을 쓰라. 마음을 아끼고, 다듬고, 새벽 흙처

럼 갈아엎어라. 갈 길을 편안하게 골라라. 다 버리고 빈 몸으로
서라.

비바람

오랜만에 비바람 분다.

오! 바람이 비를 싣고 왔는가. 비가 바람을 몰아왔는가.

나무들은 바람 따라 춤을 추고 빗줄기들은 이리저리 바람을 흩날린다. 땅에 고인 물 위를 작은 빗방울들이 수도 없이 뛰어다닌다. 대지 위를 튀어오르는 저 빗방울들,

저 격정의 몸짓들, 사랑이, 삶이 때로 저러해야 하리.

맛동산

 어제는 성민이 할머니가 미숫가루하고 풋고추하고 자두를 보내
셨다. 오늘 아침에 대길이가 '맛동산' 한 봉지를 가지고 와서 내 앞
에서 봉투를 쭉 찢더니, 할머니가 선생님은 6개 주라고 했다면서
나에게 맛동산을 준다. 어제 오늘은 행복했다.

달콤한 칭찬과 쓴 욕

어떤 사람들은 아름다운 말과 글로 세상과 싸운다. 그들은 세상 사람들로부터 부드러운 찬사를 받는다. 또 어떤 사람은 세상의 부조리와 현장에서 싸운다. 그들은 사람들로부터 극렬한 사람, 세상의 방해꾼으로 오해받고 욕을 먹는다. 달콤한 칭찬과 쓴 욕.

빛

진실은 태양 같은 것이다.
구름이 있다고 태양이 없는 것은 아니다.
비바람, 눈보라가 몰아친다 해도
태양은 있다. 진실을 가진 자는
떠오르는 태양처럼 두려움이 없다.
아무리 먼 곳이라도 그 빛은 찾아가고
아무리 작은 풀잎에도 그 빛은 가 닿는다.

고향마을

어머니는 한순간도 놀지 않는다. 늘 무엇인가 한다. 놀랍다. 저 오랜 세월 해와 달을 따라 그 빛을 받아들여 흙을 일구며 곡식을 길러온 노동, 그 끈질긴 일의 생명력, 어머니가 살아온 일생을 생각하면 나는 아무것도 부럽지 않고 두려운 게 없어진다. 이 나라 고향마을 산천에는 호미 쥔 어머니들의 일생이 무너지지 않을 산처럼 서 있다.

내 몸이 쇠였대도……

　어머니 가을일하신다. 가을빛 떨어져 반짝이는 강물을 따라다니며 우리 어머니 가을일하신다. 텃밭 고추밭에서 풋고추를 따길래 먼 산 보다 다시 어머니를 보니, 어느새 황금색으로 익어가는 텃논 만조 형네 벼 베는 트랙터 곁을 따라다니시며 볏짚을 모은다. 강변 길에서 한수 형님네 나락 널어 말리는 곳에 가서 나락 뒤적거리는 가 싶어 거기 눈길을 주면 어느새 종길이 아재네 나락을 담고 계신다. 강 건너 밤나무 밑에 가 하얀 수건을 쓰고 알밤을 줍고, 마당에 삶아 말린 알밤을 깐다. 마당에 널어놓은 늦게 딴 고추를 가리는가 싶으면, 어느새 길가에서 토닥토닥 콩 타작을 하신다. 누구네 집 고구마 캔 데 가서 고구마를 캐시고, 또 안 계셔서 찾으면 나는 상

92

상도 못 하는 엉뚱한 곳에서 다른 남의 집 일에 열중하고 계신다.

점심 먹고 큰길에 세 발로 세워놓은 깨 털어 체로 까불고, 또 금세 동네 사람 몇몇과 우리 집 마당에 편하게 둘러앉아 소주 드신다. 어머니는 우리 집 뒤 빈집 좁은 마당에 오이, 호박, 가지, 콩, 깨, 도라지, 강냉이, 고추, 상추, 아욱, 생강 심어놓고 바쁘시다. 우리 어머니, 일 년 내내 정신없이 바쁘시다.

아! 우리 어머니 가을 내내 일하신다. "죽으면 썩을 삭신 아껴서 어따 쓴다냐. 내 몸이 기계였어도 고장이 백 번도 더 나고, 내 몸이 쇠였어도 다 닳아지고 없어졌을 것이다"라며 콩 타작하고 검불을 바람에 날린다. "뭐여! 쌀, 뭐시 통과되았다고? 쌀 불쌍헌 지가 진작이다. 농사꾼들 망한 지 진작이다."

세상의 밥을 위해 평생을 땅에 몸 바친 삶이다. 돌아앉아 산을 보며 검불 날린 콩에서 벌레 먹은 콩을 가리시는 어머님의 모습은 단호해 보이고, 극히 평화로워 보이고, 아름다워 보이고…… 후회도 미련도 없을 것 같다. 어느새 또 강길에 나가 한수 형님네 나락 다 담고 산그늘 내린 강변길을 걸어오시는 여든둘 우리 어머니 모습, 단풍 든 저문 산빛보다 맑고 환하고 성스럽다.

성질머리

경솔하고
성실하지 못한 자세와 진지하지 못한 태도 때문에 두루 살피지
못하고
실수를 한다.
남의 이야기를 잘 듣지 않고
내 일만 앞세우는 아주 이기적인 태도 때문에 신뢰가 쌓이지 않
는다.
삶의 태도를 바꾸자.
진지하게, 성실하게 경청하고
화를 앞세우지 말라.

느리고 더디게 오래 생각하고, 한번 더 생각하고 신중하게 행동하자.

신중함이 신뢰를 불러온다.

자기를 지킨다.

그러나 내 성질에 그렇게 될까.

나는 나를 잘 안다. 내 인간적인 한계를 잘 안다.

그 안에서 자유롭게 나같이 산다.

생긴 그대로 있는 그대로 산다.

빈세가 평한 우리 식구 이야기

아빠
시 잘 쓰지
웃기지
똥배

엄마
이쁘지
옷 잘 입지
뚱뚱해

민해
공부 잘하지
날씬하지
성질 더러워

우리가 평한 민세
인간성 좋지
노래 잘하지
공부 안 해

어버니 말씀

미움도 이쁨도 다 네게서 나온다.

우리 집 개도 우리 식구가 예뻐해야 밖에 나가면 동네 사람들이
예뻐한다.

남의 일 같지 않다.

멍청할수록 꾀가 많아야 한다.

말로 밥을 하면 조선 사람들이 다 먹고 남는다.

싸워야 큰다.

처삼촌 벌초하듯 한다.

자빠진 김에 쉬어 간다.

아무리 좋은 노래도 한두 번이다.

많이 묵어야 좋간디.

인사 잘해라.

바쁠수록 돌아간다.

똥 싼 주제에 매화 타령한다.

엄마 없는 아이들

아이들 데리고 서울 가다.

신문사 갔다가 출판기념회 갔다가 아이들이랑 같이 잤다.

엄마 없는 아이들이 우리 반에 셋이다. 이 아이들과 한 침대에서 잠을 잤다. 엄마 없는 이 아이들의 하루하루를 생각하며 잠을 설쳤다.

엄마 없이 잠을 자고

엄마 없이 밥을 먹고

엄마 없이 옷을 입고

잠을 자며 내가 안으려고 하면 몸이 굳어진다. 아침에 넷이 옷을 다 벗고 목욕탕에서 목욕을 했다. 아이들을 세워놓고 비누칠을 해준다. 아이들 몸이 굳는다. 불쌍한 것들, 아이들의 벗은 몸을 지나는 내 손이 떨린다. 엄마 없이 숙제를 하는 이 아이들의 두려움과 무서움이 내 가슴을 메이게 한다. 엄마 없는 이 아이들의 잠을 어떻게 표현한단 말인가. 그 누구도 그 무엇도 이 아이들의 마음을 메울 수 없겠지만 나는 이 아이들의 어머니가 되도록 노력해야 한다. 누구나 불행한 처지에 놓인 사람들을 동정할 수는 있지만 동정은 사랑이 아니다. 나는 사랑을 행해야 할 사람이다. 어떻게 해야 할까를 늘 고민하며 이 아이들을 대해야 한다. 이 아이들의 어색한 행동들을 바르게 곧게 만들어가야 한다. 그 깊고도 어두운 고통과 불안을 해소할 순 없겠지만.

아내는 어머니 없는 우리 반 아이들 이야기 들으며 운다. 나도 운다.

내가 아이들 이야기를 할 때 아내는 제일 좋아한다. 내가 속상한 이야기들을 일일이 다 들어주고 멀리, 아주 멀리, 내 자존심 상하지 않게 아주 멀리, 넌지시 나의 잘못을 나무라고 또 따뜻하게 지지하고 마무리해준다.

나

옛날에는 아이들과 공도 많이 찼는데, 요즘 몸 움직이기가 싫다. 세상을 향한 내 육체의 열정이 식었는지도 모른다. 세월이 참 빠르다. 여기서 나고 여기서 자라고 여기에 사는 내 삶이 나 스스로 신기할 때가 있다.

수많은 세월, 한곳을 배회하고 바라보고 응시하며 이렇게 보냈다. 내가 초등학교 1학년 때 보았던 소나무 작은 구멍에 이제 내 머리도 들어간다. 그때는 새끼손가락도 들어가지 않았는데……
책보를 둘러메고 비 쏟아지던 강변을 뛰어가던 작고 귀여운 내 모습이 어른거린다. 집으로 가는 강변길은 멀고 때로 가까웠었지. 길가에 돌들은 사라지고 작은 소나무들은 베어지고 강변은 메워졌다. 교정 안의 젊었던 살구나무와 소나무와 벗나무가, 단풍나무가 다 늙었다. 나도 저 나무들처럼 저렇겠지? 나무 아래 서서 오늘은 내 삶이 한가롭구나.

나는 잘 살았다. 내가 나를 잘 안다. 나는 이렇게 작게 나만큼만 사는 게 어울리는 아주 촌사람이다. 사람들에게 좋은 촌사람으로 남으면 좋겠는데 세상을 살다보니 나도 닳았다. 더 순수하게, 순진함을 간직하고 살았어야 하는데 말이다. 그래도 이만큼 산 내가 내게 어울린다. 강가에 서 있는 나무처럼 산 세월이다. 내가 그러길 바라지 않았던가. 어디다 고개 숙이며 살지 않으려 노력했다. 때론 힘들었으나, 아이들이 옆에 있어 행복했다. 지금도 그렇다.

해가 진다.

산그늘이 내려온다.

운동장을 덮는다.

집에 갈 시간이다.

눈

아침에 일어나니, 눈송이가 날린다.
학교 오는 길에 모악산 자락에 눈이 하얗게 쌓여 있다. 봄눈이다.
학교 부근에 산에도 눈들이 하얗게 쌓여 있다. 봄눈이다.
눈 깜박할 사이에 사라질 눈이다.

컴퓨터 시간에 다해가 자꾸 인터넷을 켰다 껐다 한다.
"다해야, 그러지 말고 좀 차분하게 해라" 했더니
"선생님 잔소리 좀 그만하세요" 그런다.
내가 지들한테 잔소리를 많이 하는가?

오후에도 눈이 날린다.
이게 꽃송이지, 아마?
어디로 가느냐?
어디서 와서 너는
그 어디로 가느냐?

두보의 시

긴 봄날 강산은 아름답고   遲日江山麗
봄바람에 꽃과 풀이 향기롭구나.   春風花草香
진흙이 녹으니 제비가 분주히 날고   泥溫飛燕子
모래가 따뜻하니 원앙이 조는구나.   沙暖睡鴛鴦

보로 자다

봄비치고는 많이 온다. 초록으로 물들어가는 산 아래 오동꽃이 피어나고 비가 오도다. 산을 그리며 내리는 푸른 빗줄기를 보고 오래오래 서 있노라.

초록으로 달려가는 산, 그 새까만 밤산을 보았느냐. 새가 울더라. 이파리들이 어둠에 젖을까봐, 새로 피는 이파리들이 어둠에 다칠까봐 새들이 울더라. 깊은 산중에 새잎 피는 봄날의 밤산이 제일이더라. 그 고요와 적막이 좋더라. 오! 초록을 더듬는 저 둥둥한 어둠이여! 세상을 묻고, 사랑을 묻고, 너는 어디를 보며 모로 자느냐.

잔소리에 대하여

유진——쓸데없는 소리

재영——좋은 소리

대길——혼내는 말

소희——우리 잘 크라고 하시는 말

승진——잘못해서 듣는 말

두환——잘못해서 혼나는 말

현아——시키는 말

성민——빠르게 말하는 말

강산——아무것도 하지 않았을 때 시키는 말

민수——헷갈리는 말

민성——다음부터는 하지 말라는 말
연희——무엇을 잘못해서 혼내는 말
희진——장래를 위해서 하시는 말
채환——다음부터 하지 말라는 말

나도 혼내주세요

　매주 전교생을 대상으로 글쓰기를 하는 아침이다. 형호의 글을 보니, 돈이 조금만 생기면 저축을 해서 50만원이 넘었다고 써 있다. 내가 우와! 하면서 "그래 좋아, 나도 천원 보탰어" 하며 지갑에서 천원을 꺼내주었다. 아이들이 환호를 했다.

　유빈이란 놈이 지금까지 두 달이 넘었는데도 글을 한 편도 써오지 않았다. 강제로 글을 써오라는 말을 안 했기 때문이다. 그래도 그렇지, 4학년이나 되는 놈이 그럴 수 없다. 화가 나서 혼을 냈다.

　글쓰기 시간이 다 끝나고 혼낸 것이 미안해서 어린이날 기념으로 전교생에게 과자를 나누어주는데, 유빈이에게 과자를 두 개 더 주었다. 아이들이 또 환호성을 지르며 여기저기서 "나도 혼내주세요. 나도 혼내주세요" 난리를 치고 에이, 괜히 일기를 썼다고 하기도 한다. 아이들은 아이들이다. 유빈이를 혼낸 것이 찝찝했는데, 마음이 환하게 풀렸다. 유빈이도 마음이 가벼워진 듯했다.

아이들과 나 사이에 늘 이렇게 크고 작은 일들로 마찰이 생기고, 갈등이 생긴다. 어떻게든 조정하고 해결해야 한다. 아이들과 나 사이에는 늘 작은 감동이 필요하다. 맺힌 마음을 풀지 못하고 서로 불편한 감정이 남아 있으면 안 된다.

사랑-감동-사랑-감동…… 그리고 사랑 감동.

교육현장

　현직 교장들의 교육에 대한, 아니 자기 자리에 안착되었다는, 더는 이제 그 누구도 내 직책에 대해 어떻게 할 수 없다는 오만하고 안이한 자세가 교장들의 일상을 나태함으로 무능함으로 이끌어가고, 이 나라 교육을 좀먹고 이 나라 교육을 퇴화시키고 있다. 변화를 바라지 않는 이 무사안일한 태도는 교사사회에 만연해 있다. 변화라는 말이나, 개혁이라는 말이 이들에게 절실하게 가 닿을 리가 없다. 침체되어 썩어가고 있는 이 나라의 교육이 제대로 숨을 쉬고 살아나게 하려면 전면적인 교육개혁이 필요하다. 초등학교에서 대학사회에 이르기까지 지금 같은 교육풍토로는, 지금 같은 교사와 교수 들의 자세와 태도로는 변화되어가는 글로벌한 세상을 따라가지 못한다. 지금 우리 교육현장을 가만히 들여다보면 죽도 밥도 아니다. 안정된 직업을 가졌다는 안일한 직업의식을 가진 교사들과 승진을 위해 혈안이 된 교사들만 가득 차 있는 게 우리 교육현장이다. 그 어떤 것도, 그 어떤 새로움도, 그 어떤 새로움에 대한 시도도 이루어지지 않는다. 교감만 되면 되고 교장만 되면 되고 그 직만 유지하며 가만히 있다가 정년을 하면 된다. 이 한심한 일들을 어찌할꼬. 아무것도 일어나지 않음으로써 우리 교육은 끊임없이 뒷걸음을 치고 있다. 교장으로 발령이 나면 친구들이 말한다. "야, 가서 아무것도 하지 말고 그냥 가만히 있어. 그래야 편해."

통일

김포에서 고려항공으로 평양에 내리다. 북쪽의 산천과 집들이, 거리를 걷고 있는 형제들이 가슴에 꽉 차오며 울컥 뜨거운 것이 올라온다. 눈시울이 젖는다.

평양에서 자고, 삼지연에 가서 백두산 가다. 크고 우람한 산, 풀꽃들, 눈물겹다. 남루한 차림의 동포들이 지나간다.

백두산 갔다 와서 자고, 이튿날 차로 두 시간 달려 대홍단에 가다. 비포장도로들이 정답다. 끝없이 넓은 감자밭을 보다. 감자꽃이 피었다.

삼지연에서 자고 평양으로 왔다. 평양에서 자고 김포에서 내려 집으로 와서 자고 부산으로 강연 갔다. 부산에서 통영으로 가서 강연하고 거기서 자고 집으로 왔다. 며칠 만에 백두산에서 부산까지 갔다 왔다. 통일이 되었다.

국토, 삶, 통일, 가난, 연민, 부끄러움들이 소용돌이치는 며칠이었다.

집단체조극 '아리랑' 공연 봤다. 겁났다.

당신

의례적인 말이 아니라 늘 내 진심을 말할 수 있는 사람이 있다는 것은 행복입니다.

나는 당신에게 당신은 나에게 그런 사람이지요.

꽃들이 참 많이 핍니다.

저 꽃들을 마음에 다 담지 못해요, 우리는. 마음에 다 담지 못할 벅찬 이 아름다운 사랑의 봄을 준 당신, 당신이 어떻게 내 세상에 왔는지.

내 그리움이 다 가 닿는 그 행복, 내 외로움이 가 닿아 꽃이 되는 당신.

당신을 사랑합니다.

멍

내 가슴은 늘 세상의 아픔으로 멍들어야 한다.

멍이 꽃이 될 리 없다.

그러나 진정한 사랑으로 나는 늘 세상의 고통 속에 있어야 한다.

그럴 나이가 되었다. 꽃이 없어도 될 나이.

생각과 행동에 자유와 평화로움을 얻을 때가 된 것이다.

무엇보다도, 그 어떤 것에도 아쉬워해선 안 된다.

훨훨 나는 창공의 새를 보아라! 찔레나무 붉은 열매를 쪼고 있는 작은 새들의 하루를 보아라! 평생 물을 보며 살았지 않느냐. 물 같아야 한다.

강물같이 도저해야 한다. 생각이 흐르는 강물처럼 평화롭고 공

평해야 한다.

　그리하여 나의 가슴은 세상의 아픔으로 늘 시퍼렇게 멍들어야 한다.

　그 푸르른 멍은, 살아 있음의, 살아감의, 존재 가치의 증거가 아니더냐.

지구

지구야
겁나게 덥다.
무지무지 덥다.
참말로 덥다.
아주아주 덥다.
엄청나게 덥다.
말할 수 없이 덥다.
지독하게 덥다.
열나게 덥다.
진짜로 덥다.

환장하게 덥다.
허벌나게 덥다.
미치게 덥다.
더어업다아아아아 하니, 더 덥다.
지구야

운암면 용운리

　작고 어여쁜 산봉우리들 사이로 지는 붉은 해와 붉은 햇살이 떨어지며 만드는, 해까지 가는 호수의 반짝이는 물길, 호수에 타는 몸을 던질 것 같은 절벽에 붉은 단풍나무들, 사람들이 사는 작은 마을로 가는 굽이굽이 좁은 길가에 마른 잎을 달고 서 있는 작은 나무들, 나무를 감고 올라가다가 물든 칡잎, 잎 하나 없이 감 몇 개를 달고 있는 감나무, 낮은 산 아래 작은 마을 제일 뒷집 굴뚝에 저녁연기와 그 집 마당에 쌓인 곡식 더미, 마을 앞 빈 논배미에 쌓인 짚더미들, 그 짚더미 사이를 천천히 지나가는 나이 든 농부와 고구마를 캐간 빈 밭의 뒤집어진 흙, 아! 오래된 마을의 오래된 농부들의 느리고 더딘 몸짓, 오래전에 폐교된 초등학교, 마을에서 뒷산

무덤으로 이어진 좁은 길가에 마른 풀잎들……을, 바라보는 그대의 따뜻하고 보드라운 눈길은…… 그러한— 것들을 쓸쓸히 보다. 아! 꿈길 같은 사랑이여! 작은 솔밭 사이, 어디로 난 길인지 모를 작은 오솔길을 걸어 다니다가…… 내 손길 어딘가를 스치는 따사로운 가을빛이여! 내게 안겨오는 그대 얼굴을 찾을 때, 빛나는 가을 서정을 다 담은 그대가 슬픈 눈으로 나를 바라본다. 아, 쓸쓸하고도 달콤한 오래된 사랑이여! 우물 같은 그대 눈이여!

어둠이 산에 내리다.

강에 내리다.

산그늘이 한 사람과 또 한 사람을

깊이 덮다.

새잎

5월 신록이 좋다.
하루 종일 신록이다.
눈이 부시다.
저 아름다운 새 잎새들아!
새잎에 바람이 분다.
바람 부는 나무 아래 선다.
까만 참나무 몸에 핀 싱그러운 새잎이여! 신비여!
위대한 시여!
무릎을 꿇는다.
새잎 피는 찬란한 나무에 바람이 분다.

나뭇가지들과 나뭇잎이 흔들린다. 춤을 춘다.
춤추는 나무들을 꿈꾼다. 오! 저 박수 치는 환호여!

친구 만나러 간 아내 온 줄도 모르고
오래오래
푹 자다.

제3부

꽃들을 따라다니며
시를 쓰다

이른 봄 길, 나는 꽃들을 따라다니며, 이 작은 생명들 곁에 엎드려 시를 썼습니다. 아니, 내가 시를 쓴 것이 아니라, 이 꽃들이 나를 불러 내게 이렇게 저렇게 시를 쓰라 일러주었지요. 나는 다만 그들의 말을 받아 적었을 뿐입니다. 봄이 되면 사람들이 눈을 들어 먼 산의 화려한 꽃을 찾는 동안 나는 이 작은 꽃들 앞에 절하듯 엎드립니다.

한 잎, 또 한 잎

그대에게 가는 가을 들길이 깊어집니다.
한 발 한 발 또 한 발 내 발길 아래
한 잎 한 잎 또 한 잎, 잎이 내립니다.
한 잎은 죽고, 한 잎은 살고
오! 당신!
한 잎에 사랑, 한 잎에 눈물, 또 한 잎에 기쁨
깊어가는 가을 들길로 한 잎 환한 낙엽이 내립니다.

꽃들을 따라다니며 시를 쓰다

땅에 쑥 돋아납니다. 해 뜨면 쑥잎 끝에 보석 같은 이슬방울들이 반짝이다가 흔적도 없이 사라집니다. 자연은 무궁무진무구입니다. 우리들의 눈과 마음이 가 닿지 못한 무한대지요. 알 수 없습니다. 저 무궁무진, 다 보지 못하고 다 듣지 못하고 다 담지 못하지요.

아침에 본 쑥이 해 질 때 보면 더 자라나 있습니다. 쑥은 봄기운을 가장 빨리 알아차린 풀입니다. 봄기운이 돌면 땅에서 돋아나는 것이 어디 쑥뿐이겠습니까. 무릎을 꿇고 땅에 엎드려 자세히 들여다보면 온갖 풀들이 돋아나고 눈에 넣어도 아프지 않을 것 같은 작은 풀꽃들이 피어납니다. 땅에 납작 엎드린 시루나물꽃은 진보라색입니다. 마치 시루떡같이 꽃이 차곡차곡 피어 있어서 어머니는 이 꽃, 창초꽃을 시루나물꽃이라고 불러줍니다. 배고픈 시절을 살아내신 어른들은 꽃과 풀과 새 울음소리도 다 먹고사는 음식으로 이름을 짓습니다. 이팝나무꽃, 조팝나무꽃이 그렇습니다. 이른 봄에 피는 풀꽃들 중에 봄까치꽃이 가장 선명한 꽃 색깔을 가지고 있습니다. 꽃잎 둘레는 남색이고 속은 약간 흰색이지요. 얼른 눈에 띌 때 보면 마치 까치 몸 색깔 같아서 봄까치꽃이라 했는지 모르지만 이 꽃의 원래 이름은 개불알풀꽃입니다. 키 작은 몸으로 바람에 흔들리는 노란 꽃다지는 얼마나 앙증맞은지요. 냉이꽃도 눈이 부십니다. 우리들이 살아가면서 울고 웃는 것 같은 저 풀꽃들이 어찌 꽃다지나 냉이꽃뿐이겠습니까. 쭈그리고 앉아 작은 꽃들을 오래오래 들여다보고 있으면 눈물 납니다. 정말 눈물이 솟지요. 어떻게 그 작은 몸으로 추운 겨울을 이기고 왔니? 하고 물어보면 대답이 없어 더 눈물 납니다. 조금 있으면, 아주 작은 벌레들의 나팔 같은 빨간 광대살이꽃도 핍니다.

　봄에 피는 작은 풀꽃들은 추운 겨울 동안 자라나 죽은 듯 색깔을 잃고 지내다가 대지에 봄기운이 돌아오면 자기 색을 찾아내어 몸을 키우고 꽃을 피워냅니다. 봄에 땅에 달라붙어 피는 꽃들은 배고픈 시절에는 다 나물이었습니다. 그 작은 꽃들 중에 내가 좋아하는 꽃은 봄맞이꽃입니다. 봄맞이꽃, 이름도 좋지요. 봄맞이꽃은 실같이 가는 꽃대가 올라와 그 끝에 흰 꽃잎 4장을 활짝 펼쳐줍니다. 봄맞이꽃은 희고 눈부시어서 햇살 좋은 한낮에는 잘 보이지 않지요. 봄맞이꽃을 보고 걷다가 뒤돌아다보면 몇 송이가 새로 피어나 있습니다. 되돌아가 주저앉아 하나 둘 셋 넷 꽃잎을 세어줍니다. 작고 예뻐서, 너무나 눈이 부시어서 오래 바라보고 있으면 온몸이 시려옵니다.

봄에 핀 작은 풀꽃들은 그렇게 우리가 사는 이 세상의 흔적 같지요. 이른 봄 길, 나는 꽃들을 따라다니며, 이 작은 생명들 곁에 엎드려 시를 썼습니다. 아니, 내가 시를 쓴 것이 아니라, 이 꽃들이 나를 불러 내게 이렇게 저렇게 시를 쓰라 일러주었지요. 나는 다만 그들의 말을 받아 적었을 뿐입니다. 봄이 되면 사람들이 눈을 들어 먼 산의 화려한 꽃을 찾는 동안 나는 이 작은 꽃들 앞에 절하듯 엎드립니다.

봄 바람

바람이 분다.

새잎이 핀 나무에 바람이 분다.

바람 부는 나무를 오래오래 바라보며 한참을 생각한다.

바람 부는 나무들을 오래 바라보고 있으면 내가 살아오며 모아
두고 간직하고

아끼던 것들이 하나하나 소용없어진다.

이런저런 생각들을 이것저것 추려 하나하나 버리다가보면

마음에 둘 만한 것들이 별로 없다. 남는 게 없다. 그렇게 다 버리
고 나면

몸이 가벼워져서 나도 나무처럼 이리저리 바람을 탄다.

가진 게 없어야만 바람을 멀리 탄다.
늘 그런 빈 마음에 세상일을 들여놓아야 하리.
텅 빈 마음으로 나무 하나가 걸어들어와 한쪽 구석에
가만히 선다.

너 왔니?

다해와 지연이

아침에 출근하는데, 나뭇가지마다 눈꽃이 만발했다.

내가 본 눈꽃 중에서 가장 조용하고 탐스럽다.

봄눈이어서 더 그런가?

완벽에 가까운 아름다움이다. 저 자연을 누가 무슨 수로 당하겠는가.

학교에 와서 부산한 까치 울음소리를 새로 듣는다. 집을 수리하거나 새로 짓고 있는 모양이다. 눈이 온 날 아침, 까치 소리는 깨끗하다 못해 희디희다.

3학년이 된 다해와 지연이가 보고 싶어 3학년 교실에 가서 살짝 보고 온다. 다해는 여전히 나를 보면 달려와 껴안는다.

지연이는 이따금 우리 교실 문을 드르륵 열고 들어오다가
"어마!" 하며 도로 나간다.
무심코 작년 교실로 들어오는 것이다.

창조의 힘

꽃이 꽃으로 저만큼 피어나고
산이 산으로 제자리로 돌아가 앉고
물이 물로 굽이를 돌아간다.
달빛은 그냥 지상에 모든 것들 위에 달빛이었다.
나는 자연이 해주는 말들을 받아 적었다.
　자연의 질서와 순리와 순환, 그 속의 저 무구한 사랑과 이유와
확인과 확신들, 그리고 거듭
　죽었다가 다른 모습으로 살아나는 생명들,
　객관은 자연에서 오고 자연으로 정리되고 다시 자연이 된다.
　저기 저 한 그루의 나무, 저 확인 그리고 확신.

비친 꽃

당신 속에는 꽃이 숨어 있습니다.

아니, 꽃 속에 당신이 숨어 있습니다.

우리들을 억압하고 있는 이 턱없는 이성과 논리와 진리가, 진실이, 이 우주의 질서가 그대의 광기를 못 막습니다.

세상을 벗어던진 광기가 그대 속에 숨어 있습니다.

그 광기의 절정이야말로 저렇게 달디단 꽃이지요.

전혀 보지 못한 새것입니다.

입술입니다. 불입니다. 아름다운 파멸이지요.

얼마나 많은 것들이

저 속에서 소용돌이를 치다 참지 못해 터지면

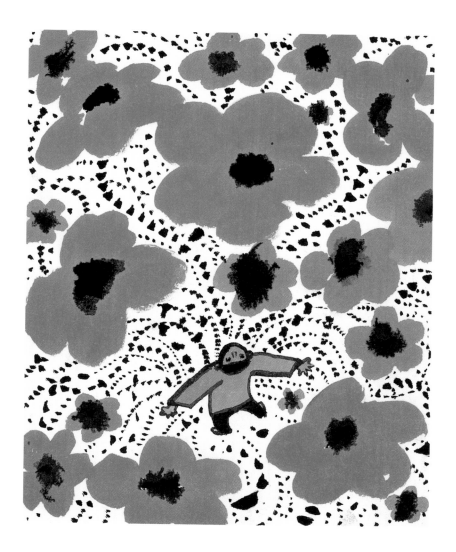

저렇게 붉게, 저렇게나 희게 저렇게나 연분홍으로 피었다가,
또 지며 바람에 저렇게 미쳐 흩날리겠습니까.
못 막지요. 저 난분분亂紛紛, 못 막습니다.
생존 본능의 원시적 폭발이지요.
어떤 관습이, 도덕이, 윤리가, 저 폭발을 누른답니까?
지는 꽃이, 저 미친 짓의 꽃잎들이, 봄바람 날린다는 것은
극약을 마시지 않고는 저리 허공을, 못 뛰어다니지요.
저렇게 지붕을 넘어 날아오지는 못하지요.

당신은 꽃 속에 숨었습니다.
아닙니다. 한 잎의 꽃 이파리 속에 당신이 숨었습니다.
흥분의 도가니지요. 환희와 희열, 가식과 억압으로부터
터지는 봇물 같은 자유가 꽃이지요. 캄캄한 죽음이지요.
미치지 않고
어찌 저 꽃들을 본답니까.
세상으로 이어진 모든 끈을 놓는 아름다운 자유, 나를 풀어버리
는 해방,
견디고 참을 수 없는 광기,
그게,

꽃입니다. 이승도 저승도 없는, 삶과 죽음의 입술이 닿는
완벽을 향한 저 찬란한 죽음 같은 것이.
꽃입니다. 당신은, 당신이……
지금 꽃입니다.

어린 형제

전주를 가다가, 갈담 터미널에 들를 일이 있어 터미널에 차를 세우고 내렸더니, 3학년 대만이와 대만이 동생 대철이가 보였다. 너무 반가워 아이들을 불렀더니, 대철이가 얼른 달려온다. 왜 여기 있느냐고 물었더니 학원에서 공부하다가 차를 놓쳤단다.

나는 대만이에게, 대만아 뭐 먹고 싶어 내가 사줄 테니까 말해봐, 했다. 나는 이 아이들에게 뭐든지 사주고 싶었다. 대철이가 나는 아이스크림이라고 말했다. 대철이와 대만이에게 아이스크림과 과자를 한 봉지씩 사주고 물우리 집까지 태워다주었다. 가면서 대철이에게 공부 잘하냐고 물었더니, 책을 떠듬거리며 읽는다고 했다. 국어문제가 제일 풀기 어렵다고도 한다. 고놈 참 아무 거리낌이 없이 내가 물어보는 말에 또박또박 술술 대답을 잘한다.

차부에서 어린 두 형제가 이리저리 돌아다니는 것이 어쩐지 짠해 보였다. 대만이는 할머니와 아버지와 대철이랑 산다. 대만이는 아버지를 도와 일을 잘한다. 집안일을 한몫한다. 그 둘, 엄마 없는 그 둘을 생각하면 이 글을 쓰는 지금도 눈시울이 더워져온다.

언젠가 코스모스가 피어 있는 시골 동구 길가에 대여섯 살쯤 되어 보이는 어린 자매가 서서 누군가를 기다리는 모습을 본 적이 있다. 두 손을 꼭 잡고 우북하게 핀 코스모스 곁에 서 있던 그 아이들이 인상 깊었던 그림처럼 생각이 나곤 했는데, 대만이 형제가 시골 정류소에서 차를 놓치고 손을 잡고 왔다갔다하는 모습이 또 오래오래 내 뇌리에 박혀 있을 것이다. 어린 자매, 어린 형제의 모습은 어쩐지, 그렇다. 염려와 변할 수 없는 연민은 오래도록 형제자매의 것이다.

어느 날 몇 가지 일과 생각

숲이 우거진다. 논과 밭에서 사람들이 집단으로 일을 한다. 나이가 드신 어르신들이다. 어제저녁은 시골집에서 잤다. 밤을 새워 새들이 울었다. 나는 자다 깨다 자다 깨다 했다. 깨면 밤새 소리를 듣고, 새소리를 따라다니다가 잠이 들었다. 아침에는 물소리가 뚝 끊기어 잠을 깼다. 개장수도 지나갔다. 아침에 일어나 마당을 돌아다니고, 어머니와 마당 풀들을 다듬고, 산천을 둘러보았다. 아침에는 아이들 스쿨버스를 타고 학교에 갔다. 스쿨버스가 마을로 들어설 때 아이들이 나뭇잎처럼 차창에 매달려 나를 보고 활짝 웃었다. 밖에서 본 아이들의 얼굴이 새삼스러워 보였다. 작은 감동과 함께 아이들이 새로 보였다. 모두 예뻤다. 아이들을 학교에 내려놓고 물우리 마을 아이들을 실으러 갔다. 나도 따라갔다. 물우리를 지나 아이들을 싣고 회문리로 갔다. 아이들이 차를 타고 등하교를 하니, 옛날 줄을 지어 학교에 오고, 온갖 자연놀이들을 하며 집에 가던 생각이 났다. 세상 세월이 많이 변했다.

학교에 와 메일을 여니, 박영근 시인이 죽었다는 메일이 와 있다. 일찍 세상을 놓아버릴 작심을 한 젊은 시인의 죽음이 우리들을 가슴 아프게 찌른다. 영근아! 잘 가거라. 비로소 너는 자유를 얻었구나. 한 많은 삶이었으니, 죽어서 편커라. 나는 남몰래 너를 많이 사랑했느니라. 너는 세상의 가식과 허구와 폭력을 견디지 못하고 술에 기대고 살았다. 어느 날 우연히 인천 가는 지하철에서 너를 만났었다. 너는 술에 취해 있었다. 술냄새로 사람들이 피해 가더라. 그리고 2년 전 전주 박배엽이 죽었을 때 너는 술에 취해 비틀거리며 박봉우 선생 무덤 앞 언 땅이 녹아 질척거리는 맨땅바닥에 엎드렸었다. 술냄새가 났지. 어찌 내가 너의 일생을 알겠느냐. 다만 서럽구나. 잘 가라. 영근아! 오동꽃 피는 5월 산을 날며 꾀꼬리가 우는구나. 울어라, 울고 울어라.

메일을 보고 있는데, 재석이가 자꾸 무엇인가를 들고, 내 주위에서 맴돌다가 다가와 선물 꾸러미를 주며, 엄마가 집에서 황토물을 들인 옷이란다. 아이들과 같이 풀어보았다. 황토물을 들인 러닝과 팬티였다. 망설이다가 그냥 받기로 한다. 황토로 물을 들인 그 정성을 어찌 거부하겠는가. 곱게 받아들이기로 한다. 해마다 스승의 날이면 아이들이 선물을 가져온다. 학생들이 많지 않아 선물도 한 명이나 많아야 두 명 정도가 가져온다. 시골에 어울리지 않게 값이 나가는 것은 그냥 돌려보내기도 하고, 내가 가르친 제자의 자식이 보낸 것은 받고, 나중에 알게 모르게 보답을 한다. 마음이 홀가분해야지, 찝찝하면 안 된다. 무심해서는 안 된다. 날이 흐리다. 비가 오려나보다. 올봄엔 비가 자주 온다.

첫 시간이 끝났다. 다해가 나를 쳐다보더니, 밥밥밥 바아아압~ 바아아아압~ 노래를 부른다. 뭔 일인가 했더니, 오늘 급식이 쉬는 날이어서 아이들이 밥을 싸온 것이다. 책상 속에 있는 밥을 한 번만 먹자는 사정을 그렇게 노래로 부른 것이다. 배고파 죽겠단다. 밥 한 숟갈만 먹자고 사정사정한다. 좋다. 옛날 도시락을 싸들고 다닐 때 우린 그 얼마나 밥을 먹고 싶어 안달을 했던가. 점심시간까지 밥이 남아 있질 않았다. 고등학교 다닐 때 집이 먼 친구들은 교실에 도착해서 자리에 앉자마자 도시락을 꺼내놓고 밥을 다 먹어치우고, 점심시간이면 젓가락을 들고 돌아다니며 밥을 강제구걸 (?)했다. 체육시간에 당번들은 친구들 도시락을 뒤집어 밥을 파 먹고 살짝 도로 뒤집어놓았었다. 그때 도시락밥은 꿀이었다. 아! 침이 넘어간다. 좋다. 한 번씩만 먹어라.

어떨 때는 아이들에게 그냥 괜히 다정하고 정다운 말이라도 걸 고 등이라도 툭 치고 싶을 때가 있다. 내 맘이 편할 때, 아이들에게 나를, 내 진심을 다 주었을 때,

그때.

냅뒀으면 좋겠는디

산에, 언덕에, 가난한 마을에 꽃이 핀다.

산굽이 도는 저 강굽이에 버드나무 잎도 핀다.

무너진 농가 시멘트 담장, 허물어진 돌담에 기대어 살구꽃이 핀다.

아름답던 마을들이 사라지고, 논과 밭으로 가는 작은 길들도 사라진다.

조금이라도 경치가 좋은 곳은 사람들의 손이 다가가 만신창이를 만든다.

그대로 두면 될 것을 돈을 들여 자연을 파괴한다.

강물에 몸을 담고 서서 푸른 잎을 피우는 버드나무 한 그루, 작

은 돌담 하나

집으로 걸어가는 작은 소롯길 하나 제대로 간수하지 못한 나라가 우리나라다.

저절로 자란 나무들, 강물이 흐르며 만든 강굽이들, 사람들의 발길로 만들어진 오래된 작은 길들이 사라졌다.

우린 지금 개발이라는 명분 아래 되돌릴 수 없는 죄를 짓고 있다.

이제 그 죄가 사람들에게 되돌아오리라.

그 죗값을 우리 후손들이 단단히 치를 것이다.

어느 강마을에 갔다.

그 마을 느티나무 밑에 정자를 짓더니, 이제 난간을 만든단다.

강으로 가는 나무로 된 계단 사다리를 놓고 망루를 만든단다.

괴롭다. 정말 나는 괴롭다.

동네 할머니 한 분이 이렇게 말씀을 하신다.

이 나라를 관리하는 사람들은 새겨들어라.

'말씀'이다.

"나는 그냥 내버려뒀으면 좋것드만."

거짓말

녹음이 무성하게 우거진다. 아직 연두색이 가시지 않은 산천을 바라보면 숨이 다 막힌다. 아름다움이 이렇게 나를 숨차게 압박할 때가 있다. 잎과 가지 들이 낭창낭창 휘늘어지고 흐드러지며 바람에 흔들린다. 잎 우거지는 산을 올려다보고 있으면 막강한 생명의 기운이 전신으로 전해온다. 몸에 힘이 주어진다.

유리 창문으로 앞산을 훔쳐보며 수업을 하는데 어디선가 슬피 우는 곡소리가 들린다. 꽃상여가 앞산을 오르고 있다.

한참 있다가 문득 상여 생각이 나서 앞산을 다시 보니 꽃상여를 가운데 두고 산 중턱에 사람들이 옹기종기 모여 있다. 술들을 마시는 모양이다.

한참 있다가 문득 또 생각이 나서 다시 산을 보니, 상여는 온데간데없고 산만 푸르다. 정말 감쪽같이, 거짓말같이 상여가 사라져버렸다. 의아한 풍경이다. 거짓말같이 어딘가로 사라져버린 꽃상여의 화려한 원색들이 내 눈에 남았다.

비가 오려나보다.

꽃상여와 꽃상여를 멘 사람들이 어디로 가버린 지 몇 시간 후 나는 또다시 궁금해져서 꽃상여가 사라진 앞산을 바라보았다. 조용한 산속에서 한 줄기의 파란 연기가 천천히 솟다가 감쪽같이 뚝 그쳐버린다.

아, 산! 5월 청산!

삶은? 죽음은?

때로, 저렇게

거짓말이다.

벌레

달리는 차창에 벌레들이 부딪쳐 죽습니다.
초록의 피 자국들,
이게 아닌데, 이게 아닌데,

사는 것이 정말 미안할 때가 있습니다.
꼭 죽고 싶을 때가 있습니다.

차를 멈추고 막막함에 젖어
밤 산에 절합니다.

모내기

농부가 봄갈이를 한다.

흙에 바람과 햇볕을 쬐어 소독을 하고 산소를 마음껏 취하게 하기 위해서다.

하늘 아래 새로운 땅이 되어 씨를 받게 하기 위함이다.

모내기 때가 되면 물을 넣고 또 논을 간다.

그리고 논을 뒤적거려 물속에서 땅을 고르는 써레질을 한다.

평평해진 땅에 물 가득 채우고 또 하룻밤을 자게 한다. 농부들은 물도 잠재운다.

사람들은 그 위에 모를 꽂는다.

물과 땅과 하늘과 바람과 해 아래 농부들,

그들은 한 몸이 되어 새로운 생명을 세상에 심는다.
위대한 사랑이다.
사랑은 땅에 뿌리를 내리고 하늘로 자란다.

알밤

시골집에 갔더니, 어머니가 강 건너에서 작은 손수레에 무엇인가를 싣고 온다. 달려갔더니, 알밤 자루다. 집에 와서 햇빛 좋은 마당에 부어놓고 벌레 먹은 것과 좋은 놈들을 추린다. 알밤으로 마당이 벌겋다. 어머니는 알밤 나무 밑에 가면 밤이 벌겋게 떨어져 있는데, 다 주우려면 허리가 끊어질 것 같고, 안 줍자니 아까워 죽겠는데, 여기서 툭, 저기서 투둑, 밤이 떨어지면, 떨어지는 밤을 향해 혼자 욕을 한단다. "지랄헌다 시방. 아이고, 어쩌라고, 나보고, 나 혼자 저 많은 알밤을 다 어쩌라고 밤들이 저렇게 떨어진다냐?" 어머니의 안타까운 말이 알밤이 되어 고스란히 익는 가을이다.

어렸을 때 학교에 가기 전 일찍 일어나 아침이슬에 옷을 적셔가

며 신주머니만한 주머니를 들고 남의 집 알밤 나무 밑에 가서 가슴
두근거리며 알밤을 줍던 생각이 났다. 그렇게 주워 모은 알밤을 팔
아 추석이면 양말이나 옷을 사 입었었다.

우리 반 아이들도 요즘 쉬는 시간이면 학교 뒤뜰에 있는 학교 밤
나무 밑에 가서 밤을 줍기에 바쁘다. 밤나무 밑에서 정신없이 밤을
줍고 있는 선영이, 유빈이, 채훈이를 보고 있으면 꼭 다람쥐들 같
다. 공부시간이 되어 우리들이 교실로 들어오면 진짜 다람쥐들이
찍찍찍 울면서 알밤을 주워 간다.

아이들이 알밤을 주워 오면 나는 집으로 가져간다. 아내는 알밤
을 삶아준다. 토종이어서 알밤이 어찌나 포근포근 맛이 있던지 아
내가 몇 개 달라고 해도 나는 아이들이 주운 것이기 때문에 삶은
삯으로 5개만 주고 다 학교로 가져왔다. 출근하여 신문을 깔고 밤
을 담은 봉투를 열었더니, 아이들 셋이 쪼르르 달려든다. 그때까지
알밤은 따뜻하다. 1학년부터 6학년까지 아이들에게 알밤을 몇 개
씩 돌렸다. 따뜻한 알밤을 쥐고 각 교실로 쪼르르 달려가는 아이들
의 모습도, 신문지 위에 있는 알밤을 주워 들고 알밤을 까먹는 아
이들 모습도 꼭 다람쥐 같다.

꽃이 따로 없다

전주에서 출근을 하는데, 아주 어여쁜 어린아이가 아주 작은 여행가방을 끌고 거리를 걷고 있다. 요즘 아이들이 저렇게 책가방 대신, 여행용 가방을 끌고 등교하는 것을 종종 본다. 아이에게 다가가서 "너 등교하니?" 그러니까 기어들어가는 작은 소리로, "예" 한다.

횡단보도를 같이 걸어가며 이것저것 묻는데, 아이는 들릴 듯 말 듯 대답만 한다. 딱 보니, 2학년이다. 시골에서 나도 2학년을 가르친다고 하니, 고개를 조금 든 듯했다. 둘이 한참을 걸어갔다. 건널목을 건너 헤어질 때가 되어 인사를 했더니, 고개도 들지 않고 아주 희미하게 웃는다. 그렇게 희미하게 웃는 아이를 처음 본다. 이

름이 지수란다. 내가 다시 "지수야, 잘 가" 했더니, 또 그렇게 희미
하게 웃는다. 꽃이 따로 없다.

대만이 동생 대철이

오후에 사무실 마루에 서서 허리운동을 하며, 아이들이 노는 모습을 바라보고 있는데, 대만이 동생 대철이가 나에게 달려온다. 실눈을 가진 이 아이 얼굴은, 울어도 웃는 얼굴이다. 바짝 내 앞까지 달려온 대철이가 나를 빤히 올려다보며 "선생님 전화 좀 쓰면 안 돼요?" 한다. 그래라 하며 휴대폰을 주었더니, 이렇게 저렇게 번호를 꾹꾹 누른다. 그런데, 통화중인가? 아버지와 연결이 안 되나보다.

"에이, 진짜 전화여야 되는데?" 하며 전화기를 주고 뛰어가버린다.

햇살 속으로 뛰어가는 작은 아이를 보며 혼자 웃다.

살구나무 살구꽃

오후에 혼자 있는데, 벌소리가 난다. 소리 나는 유리창을 보니, 교실로 들어온 호박벌이 유리창을 뚫고 나가려고 한다. 거참, 오랜만에 호박벌을 보겠네. 유리창을 활짝 열어 벌을 쫓아냈다.

살구나무 살구꽃, 살구꽃이 핀다.

배꽃

팔목이 하얀 여인이 소매를 걷어올리니
가벼운 웃음을 머금은 배꽃도 괴로워하더라.

　　　　　　　　　　　——이규보의 「배꽃」 중에서

유리창을 들이받다

    점심 먹고 쉬는 시간에 아이들이 나에게 우르르 달려온다. 아래층 복도 유리가 깨졌다는 것이다. 왜 깨졌느냐니까 채환이가 깼단다. 어떻게 해서 깨졌느냐니까 채환이가 머리로 받았다는 것이다. 이런! 채환이를 불러다 왜 머리로 유리창을 받았느냐니까 깨지는가, 안 깨지는가를 알아보기 위해 머리로 한번 받아보았다는 것이다. 나는 유쾌하고 통쾌했다. 채환이에게 앞으로 무엇을 들이받을 때는 네 머리가 깨질지 안 깨질지도 생각하면서 받으라고 했다.

    2학년과 하루를 산다는 것은 신나는 일이다.

    2학년은 이 세상에서 가장 아름다운 영혼을 가졌다. 2학년 아이들이 달리는 것을 유심히 보고 있으면, 한편 외로워 보이고 한쪽으로 진지하다. 아이들이 달리는 모습을 보고 있으면 어쩌나 진지하게 달리는지, 웃음이 나올 때가 있다.

감이 익어가고, 알밤이 익어 떨어지고, 꽃이 피고, 하늘에 구름이 지나가는 것만큼이나 아이들이 진지할 때가 있다. 유쾌하고, 즐거우며, 슬프고, 거리낌이 없고, 아무것도 가진 것이 없어도 뛰어 놀 땅만 있으면 그들은 행복하다.

늘 세상을 새로운 눈으로 바라보는 신비함과 신기함을 가졌다.

어떤 것에 대한 한 가닥 미련도 없이 돌아서버리는 깨끗한 태도도 아름답다. 산뜻한 새 출발을 하는 환한 얼굴은 생을 새롭게 한다.

다해와 재석이가 공부시간도 잊어버리고 어디선가 놀고 있다. 이 놀라운 정신의 소유자들, 찬란한 유희의 몸짓을 가진 이 2학년 아이들 속에서 나는 자유가 아름답다는 것을 배운다. 진실과 정직이, 사랑이 가 닿는 기쁨과 환희를 배운다.

강물 위에 내리는 눈

　올겨울에는 유난히 눈이 많이 온다. 내가 사는 곳은 산악지대여서 눈이 참 많이 오는 편이다. 한번 눈이 오기 시작하면 끝이 없을 것처럼 눈이 온다. 눈이 오는 것이 아니라 하늘에서 누가 눈을 삼태기로 퍼붓는 것 같다. 그렇게 눈이 오면 사람들은 눈이 온다고 하지 않고 "누가 눈을 퍼붓는구면, 퍼부어" 한다. 눈이 많이 온 날 아침 마루에 서서 세상을 보면 세상은 온통 눈뿐이다. 사람들 걸어 다녔던 길도 사라지고, 사람들의 산 흔적인 논도 밭도 다 지우고, 앞강 언덕에 있는 우람한 정자나무에도 눈은 쌓여 마치 하얀 꽃나무처럼 보일 때도 있다. 세상의 모든 것들 위에 소복소복 쌓여 있는 눈 중에서 나는 징검다리 위에 쌓여 있는 눈을 제일 좋아한다.

눈을 소복하게 쓴, 강물에 거꾸로 비친 징검돌의 모습은 고요하다. 아직 아무도 강을 건넌 사람이 없는 징검돌 위에 쌓인 눈은 이 세상의 것인데도, 이 세상의 것이 아닌 것처럼 보인다.

어렸을 때는 창호지 문에 문구멍을 뚫고 산에, 강에, 논과 밭에, 어머니 물동이 속에, 마당에 내리는 눈을 바라보았다. 내가 문구멍으로 창밖을 보면 동생들도 자기 키에 맞게 문구멍을 뚫었다. 저렇게 많은, 저렇게나 예쁜 하얀 눈송이들이 어디에 있다가 저렇게 이 세상으로 가만가만 내려오는 것일까.

눈이 오면 산이 뿌옇게 그려진다. 비가, 삼대 같은 소낙비가 내릴 때도 산의 모습은 아름답게 살아나지만 날리는 눈이 그리는 산은 더 아름답다. 산을 그리며 하얗게 날리는 눈이 강물로 사라진다. 하얗게 내리는 눈들이 강물에 닿기가 무섭게 깜박 꺼지는 모습도 신비하다. 저 높은 곳에서 강을 향해 내려온 눈송이가 자기 얼굴을 강물에 비추어보며 겁도 없이, 때로 두 눈을 부릅뜨고, 또는 눈을 살포시 감고, 강물로 뛰어드는 모습은 마치 두려움을 모르는 사랑 같다.

사랑에 어디 두려움이 있으랴. 사랑을 찾아가는 길에 무엇이 두려우랴. 그 사랑이 비록 끝이 보인다 해도, 그런 사랑이라 해도 사람들은 사랑을 두려워하지 않는다. 두려우면 그것이 사랑일 수 없는 것이다. 이 세상에 소복소복 하얗게 쌓이는 사랑도 사랑일 터이지만 금세 사라지는 순간의 사랑도 사랑이다.

사랑의 길에 들어선 사람들의 발걸음은 가볍고 경쾌하며 겁이 없다. 겁 없는 세상, 두 눈을 똑바로 뜨고 겁도 없이 사랑을 향해 달려가는 사랑은 강물 위로 사라지는 눈송이들처럼 아름답다. 겁도 없이 두 눈을 똑바로 뜨고 강물로 사라지는 저 수많은 눈송이들처럼 말이다. 사랑도, 삶도 순식간이다.

통제 불능

한가지로
너무 오래 살았다.
모든 것들이
다 낡았다.
꽃도,
봄도,
정치도, 경제도, 시도,
연애도,
종교는 더욱
헌것이 되어 통제 불능이다.

헛짓이다.

한가지로만
너무 오래 살았다.
혁명은 낡고 병들어 죽은 가지들을 쳐내는
정리하는 말이 태어남을 의미한다.
그 말을 듣고 나오는 사람이 있다. 영웅이다.
혁명이란 생각과 행동을 바꾸는 일이다.
우린 너무 낡았다.
나는 지루하고
세상은 고루하다.
혁명이 없으면
세상은 무덤이다.
시는 꿈꾼다.
혁명의 아침을,
그 빛나는 사랑의 새 햇살을…… 패배의 쓴맛을.

공부

숲 기행 팀과 우리 마을 길을 걷고, 산동 산수유꽃도 보러 갔다. 모두 진지했다. 숲과 새와 강과 꽃 들을 보고 다녔다. 일신의 영달을 위한 고민이 아니라 우리 시대가 안고 있는 문제를 고민하고, 그 해결책을 찾는 사람들이 세상에 있다. 진실과 정직이 통하는 사회를 갈망하는 사람들이 있다. 문제를 직시하고 그 문제를 해결하려고 대안을 제시하려는 사람들이 세상에는 있다. 시대는 변해도 지식인은 시대가 안고 있는 문제의 핵심에 닿아 고민하고 괴로워해야 한다.

이틀 동안에 아주 많은 것을 배웠다. 훌륭한 사람들은 사소한 일에 정성을 다한다. 겸손하고 매사에 상대방을 배려하고 너그럽고 조심스러워한다. 많은 공부가 되었다. 사람들 속에서 배우는 사람 공부는 늘 가슴 벅차다.

　사람들이 나를 좋아하는 것은, 내가 잘나서가 아니고 사람들이 섬진강을 좋아하기 때문이다. 우리의 자연을 좋아하기 때문이다. 나는 내가 사는 것보다 더 과분한 사랑을 사람들로부터 받고 있다. 겸손하고 섬세해져야 한다. 늘 마음을 가다듬어야 한다. 세상을 사랑하는 아름답고, 고귀한 정신을 가져야 한다. 시인정신을 놓지 말아야 한다.

생명, 사람, 자연, 조화 그리고 '말'

다해더러 성당에 가면 무엇하냐고 했더니, 기도를 한단다. 무슨 기도를 하느냐고 했더니, 어머니와 함께 살게 해달라고 기도를 한다고 했다. 또 무슨 기도를 하느냐고 했더니, 지구를 위해 기도를 한다고 했다. 모든 생명을 가진 것들과 사람이 어울려 행복하게 살게 해달라고 기도를 한다고 했다. 나는 저절로 크게 떠진 눈이, 크게 벌린 입이 다물어지지 않았다. 초등학교 2학년 다해의 이 '위대한 말씀'을 어떻게 내가 받아들여야 할까를 생각하며 당황해하다가, 나는 다시 교회에 다니는 재석이에게 물었다. 재석이는 무슨 기도를 하느냐고 했다. 그런데 놀랍게도 재석이도 인류를 위해 기도한다고 했다. 생명을 가진 모든 것들과 사람이 어울려 행복하게 살게 해달라고 기도한다고 했다. 나는 놀라워하며 다시 다해에게 생명이 무엇이냐고 물었다. 다해는 꽃, 나무, 새, 풀 이런 것들이라고 했다. 나는 다시 놀랐다. 다 알고 있는 것이다. 그런데 더 놀라운 것은 알고만 있다는 것이다.

그대 불던 바람

　교실 문들을 열어놓고 공부를 해도 된다. 봄이 왔다. 밖에 나가 보면 벌써 풀꽃들이 많이도 피어났다. 냉이꽃도 피고, 개불알풀도 꽃이 피었다. 신문이나 방송도 여기저기 꽃소식을 전한다. 바람이 몸에 닿아 이리 산들거린다.

　오늘은 아이들이 타고 갈 학교버스가 4시에 출발한다고 한다. 재석이는 아파서 일찍 가고 다해와 지현이가 남아 책을 읽다가 읽기 싫은지 그냥 몸살을 한다. 어떤가 보려고 밖에 못 나가게 했더니, 몸을 비비 꼬고, 비틀고, 일어났다 앉았다 왔다 갔다 어떻게 할지를 모른다. 몸살도 저런 몸살이 없다. 아침에 출근할 때 아내가 오늘도 아이들하고 조금만 싸우라고 한 말이 생각난다. 밖에 나가

176

놀라고 했더니, 얼굴이 꽃이 되어 뛰어나간다. 다 놀고 집에 갈 시간이 되니 아이들이 들어온다. 다해에게 "나가 노니 그렇게 좋으냐?" 그랬더니 "선생님은 시라도 쓰니까 안 심심하죠. 나는 정말 갑갑해서 죽겠어요" 한다.

'나? 크게 웃고 말았지요.'

시집 원고가 다 되었다. 오랫동안 시를 갖고 씨름했다. 늘 그래 왔듯이, 나는 나 혼자 시를 쓰지 못한다. '그래서 당신'이라는 제목을 가진 이 시의 '집'도 여러 사람들이 도와주었다. 강가에 사시는 어머니와 21년 전에 돌아가신 우리 아버지, 나와 세상을 사는 아름다운 벗들과 나의 연인들, 그리고 나비와 매화가, 그때 불던 봄바람이 이 시집을 같이 지어주었다. 내게 일상은 화려한 꽃이다. 시인은 일상 속에서 시의 눈을 뜨고 일상의 빛나는 순간들을 빌려온다. 그리고 다시 시를 일상으로 돌려보낸다. 일상을 새로 해석해서 보게 하는 일, 저기 나비가 날아간다고 나비를 불러주는 일, 그 일이 나의 시가 되었다. 내게 시가 없으면 내 생에 또 무슨 낙이 있을까.

생태와 순환

비가 오고 있다. 덥다. 찜통 속처럼 푹푹 찌더니, 시원한 빗줄기가 내리 퍼붓는다. 시원하다. 며칠 전에 심어놓은 고구마순도 고개를 들고, 자리를 잡아가는 논의 벼들도 더 푸르러진다. 산도 강도 마을도 집도 나무도 비를 맞는다. 이렇게 비가 오는 날이면 내리는 빗줄기를 바라보며 어머니는 "저렇게 비가 오려고 어제저녁 온 삭신이 그렇게 쑤셨구나" 하신다.

학교도 다니시지 않고, 글도 읽지도 쓰지도 못하는 우리 어머니의 삶의 내용을 들여다볼수록 나는 신기하고, 신비하다. 여든이 넘으신 우리 어머니만큼 우리가 사는 자연생태를 몸과 생활로 정확하게 이해하고 실행하는 사람을 나는 보지 못했다.

어머니는 봄이 되면 소쩍새 처음 우는 소리를 듣고, 그해의 풍년과 흉년을 점쳤으며, 마을 뒷산에 있는 커다란 느티나무에 까치가 집을 짓는 높낮이에 따라 그해의 비의 양을 알았고, 바람의 속도, 바람의 방향, 바람 속의 습기를 보고, 아침노을과 저녁노을, 달의 크기를 보고 날씨를 점쳤다. 언제 볍씨를 뿌려야 하고, 언제 고추씨를 뿌려야 하고, 언제 어떻게 어디에 깨를 심어야 하는지 어머니들은 다 알고 있다. 앞강 어느 곳에 가야 다슬기가 많고, 언제 가 잡아야 다슬기 국이 가장 맛이 있고, 속이 꽉 차 있는지도 다 안다. 물고기들의 생태를 정확하게 알고 있으므로 고기들의 약점을 알아 큰 수고를 들이지 않고도 쉽게 물고기를 잡았다. 산에 있는 짐승들과 벌레들과 온갖 풀과 나무 들의 생태도 이해하고 있고, 또 나무와 풀에 자기들의 일상이 얽힌 이야기들을 아름답고도 서정적으로 담아 삶으로 풀어냈다. 땅속에 있는 벌레들을 위해 뜨거운 물을 함부로 버리지 않았다. 콩을 심을 때도 세 알 이상을 심어, 한 알은 나는 새가 먹고, 한 알은 땅속 벌레가 먹고 나머지 한 알로 사람이 먹고산다고 어머니는 말씀하셨다. 사람도 자연의 일부였으며, 나무도 풀도 벌레도 다 사람과 한 몸이라는 것을 늘 우리들에게 보여주었던 것이다.

평생을 자연 속에서 한 그루 나무처럼, 한 포기의 풀잎처럼 자연으로 사신 어머니. 어머니는 콩이 다닥다닥 달린 콩을 따면서, 벼 알들이 찰랑거리는 벼를 베면서, 다닥다닥 달린 고추를 따면서 늘 이렇게 말씀하셨다. "콩 한 개를 심어 이렇게 콩이 다닥다닥 열렸 는데도, 사람들이 이렇게 못산다고 아우성이다."

나이 드신 어머니들의 생태와 순환의 이해는 어머니들 당대에 이루어진 일이 아니다. 오랫동안 농사를 지으며 대대로 이어받은 농사교육과 자연교육의 덕분이었으리라. 그 전통이 점점 사라진 다. 동네 할머니 한 분이 돌아가시면 박물관 하나가 사라지는 것과 같다.

아이들이 지은 동시를 노래로 만들어가지고 백창우가 왔다.

창우와 아이들이 잘 논다.

자기들이 지은 동시에 곡을 부친 노래들을 목이 터져라 부른다.

아이들은 천사다.

꾸밈없고, 천진하고, 당돌하다. 거짓이 없으니 거침이 없다.

자연이다. 꽃이 피고 열매가 맺는 저 나무들처럼 진지하니, 진정
하다.

나는 저 진지함을 배우며 살았다.

무서움도 두려움도 없는 저 눈빛들은 내 영혼을 흔들어 깨운다.

아이들 동시집을 만들고

내 동시집도 만들고 있다.

내년에는 내 책을 많이 만들 것이다.

그동안 멈칫거리며 기다리던 것들을 다듬어서 시집도 낼 것이다.

나는 저 자연의 장엄함을 배운다.

저 섬세한 쉼과 움직임, 인간의 힘이 가 닿지 못하는,

인간의 힘으로는 어떻게 해석해낼 수 없는,

아름답고도 성스러운 자연과 농사와 아이들 속에서

나는 내 생을 닦고 익혔다.

자연은 위대하다.

피거나 지거나 아름다운 것은 꽃과 사랑뿐이다.

진실의 힘

진정한 사랑이라면 그 말이 진실이어서

그 말 속에 거짓이 없으니, 그 말이 세상의 허물을 알게 한다.

단정해지고, 단순해지고, 진실에 다가가 내가 가지고 있는 허식을 벗게 한다.

정신 차리게 하고, 공허한 말들을 죽인다. 진실은 진실이게 하는 힘이 있다.

자신이 믿을 수 있는 말만 하도록 한다.

우리들이 얼마나 책임질 수 없는 말들을 지껄이는지 알게 한다.

돌이면 되고, 나무면 되고, 달이면 된다.

진실은 달에서 시작하고

사람들은 자기 생각으로 달을 그린다.

네 생각만으로 달을 그리지 마라.

보리

오후 4시도 못 되었는데, 산그늘이 으스스 춥게, 운동장을 건너
간다. 그렇게나 곱던 앞산 뒷산과 운동장 가 벗나무 단풍이 다 졌
다. 앙상한 나뭇가지에 쌀쌀한 바람이 분다. 몇 개 달린 벗나무 이
파리들이 추워 떤다. 썰렁한 초겨울이다. 교실에 앉아 있는데, 교
장선생님이 화분 하나를 들고 들어온다. 작은 플라스틱 흰색 화분
인데, 화분 위로 초록의 풀잎들이 소복하게 자랐다. 웬 풀이냐고
했더니, 보리다. 세상에 보리가 화분에서 예쁘게 자란 것이다. 을
씨년스러운 초겨울날 여린 보리 잎들이 푸르게 가슴을 찌른다. 보
리는 꽁꽁 언 땅 위로 파란 몸을 내놓고 겨울을 지낸다. 유리창 가
에 화분을 놓았다.

빈 논 하나 없이 들 가득 보리를 갈아 보리 잎들이 파랗게 자랄 때쯤이면, 동무들이랑 곶감 서리를 가기도 하고, 달빛을 차며 술집이 있는 이웃마을로 술을 마시러 가기도 했다. 어떤 날은 이웃마을 처녀들을 만나러 가기도 했다. 어느 날 동무들과 술을 마시고 달빛 가득한 들길을 건너 집으로 가고 있었다. 손가락 한 마디만한 길이의 보리 잎에 서리가 하얗게 서렸는지 달빛 속에 어린잎들이 시린 몸을 반짝이고 있었다. 그날 밤 나는 달빛 새어든 방에 엎드려 「보리씨」라는 시를 썼다.

달이 높다
추수 끝난 우리나라
들판 길을 홀로 걷는다
보리씨 한 알 얹힐 흙과
보리씨 한 알 덮을 흙을
그리워하며
나는 살았다.

　　　　　　　　　　　　　　　　—졸시 「보리씨」 전문

이 글을 쓰다가 다시 화분을 본다. 어? 그런데 저게 뭐야? 파란 보리 잎 끝에 작은 물방울 같은 것들이 반짝인다. 깜짝 놀라 다가 가보니, 세상에, 이게 뭔가. 해 지고 산그늘 내리면 풀잎 끝에 맺히는 저녁 이슬방울들이다. 20마지기 농사를 지으면 1년에 92만원을 까먹는다는 저 텅 빈 들, 농민들이 죽어간다. 파란 보리 잎 끝마다 영롱하게 달린 이슬방울들은 차디차게 언 농민들의 애처로운 눈물 같다.

다해의 일기

오늘은 비가 주룩주룩 하고 왔다.
꼭 잔디밭에 물 주는 것같이 말이다.
비가 밤새도록 많이 왔다.
꼭 끝없는 선생님의 시처럼 말이다.
빗소리는 아름답다.
마치 선생님의 시같이.

                                    ──다해의 일기 전문

오늘 다해의 일기로 비가 더욱 고맙고 아름답다.

꽃들 만발하다

꽃 핀다. 저 꽃들 좀 봐라. 봄, 여름에 피지 않은 이 세상 모든 풀들은 이 가을 다 꽃 핀다. 산골 논다랑이 봇도랑 물길을 따라 고마리꽃이 울긋불긋 피어난다. 고마리꽃 옆에 물봉선화도, 여뀌꽃도 피어 붉고, 물봉선화꽃을 따라 쑥부쟁이, 구절초꽃도 피어난다. 가을꽃 중의 꽃, 구절초꽃. 구절초꽃 피면 가을 오고요, 구절초꽃 지면은 가을 간다. 내 시가 되어준 꽃, 강가에 핀 꽃, 서러운 누이 같은 구절초꽃, 그 꽃들 속에 짙은 남색 달개비꽃도 피어 있구나. 고부간의 갈등 이야기가 얽힌 가시가 무서운 며느리밑씻개꽃도 꽃이어서 눈이 시리고, 며느리가 밥을 먼저 먹었다고 쫓겨나 죽은 무덤에 피어났다는 며느리밥풀꽃도 흰 밥티 2개를 붉은 혀에 물고 어

여쁘다.

꽃들 만발한다. 만발한 꽃들이 울긋불긋 얼씨구나, 그렇게 한 마을을 이루는구나. 아! 이 짧은 혀로 이 나라 가을꽃들을 어찌 다 부르랴. 봄에 피는 꽃은 산그늘로 보아야 서늘하고 가을에 피는 꽃들은 아침이슬 속에 영롱하게 빛난다. 다만, 서산 너머로 지면서 발광하는 햇살을 받아 눈이 부신 꽃이 있으니, 저 지는 햇살 받은 억새들을 좀 보거라! 저 억새도 지금은 꽃이다.

눈을 뜨고 마음을 조금만 바꾸면 이 가을 눈길 가 닿는 것 다 꽃이다. 마을 뒤란에 가지가지마다 다닥다닥 열려 붉어지는 감도 꽃이요, 바람만 불면 밤알이 금방 떨어질 것같이 벌겋게 벌어진 밤송이도 꽃이다. 길가에 보송보송한 검은 털끝에 영롱한 이슬을 달고 있는 수크령, 강아지풀, 꽃 같지 않은 꽃 오이풀꽃도 짙은 밤색으로 피었구나. 그러나 우리나라의 가을꽃 중의 꽃은 작은 산골짜기를 따라 노랗게 익어가는 벼가 꽃 중에 꽃이다. 저 샛노란 골짜기 벼들이야말로 서럽고도 기쁜 우리들의 가을꽃이다. 저 논 없이 어찌 우리 밥 먹고 오늘 하루를 살겠는가.

제4부

아이들이 뛰노는 땅에
엎드려 입 맞추다

꽃 핀 운동장에 햇살이 좋다. 잘 내놓은 아이들이 뛰는 햇살을 차며 뛰논다. 눈부시다. 아름다우
면 배고프다. 피는 꽃 보면 배고프다. 지는 꽃 보면 더 그린다. 내 오래된 허기다. 아이들이 바람
에 날리는 꽃잎을 따라다닌다. 가볍이 떠서 나는 나비떼 같다. 저 오래된 인류의 희망, 꽃 이파리
들이 하얗게 굴러가는, 아이들이 뛰노는 땅에 엎드려 입 맞추다.

꽃구경

아이들이 선생 말을 듣지 않는다. 하지 말라고 해도 계속 저 하던 일을 한다. 의자에서 일어나라고 해도 몇 번씩 일어나라는 말을 반복해야 겨우 일어난다. 내가 부당한 일을 시킨 걸까? 그렇지도 않다. 정말이지 아이들과 무슨 일을 하다보면 입안에 쓴 물이 고인다. 뭐라고 혼을 내도 그냥 멀뚱멀뚱 내 얼굴만 쳐다본다. 얼굴색하나 변하지 않는다. 기가 질린다.

요즘은 조금 심하게 꾸짖으면, 아이들이 집에 가서 일러바친다고 한다. 우리 학교에 수신자 부담 전화가 있었는데 학년 초 6학년아이들이 어찌나 집으로 전화를 자주 거는지 어쩔 수 없이 철거하고 말았다. 무섭다. 학교는 이제 학교라는 아름다운 권위를 잃었다. 이제 학교는 인격을 닦는 데 지대한 영향을 미치는 곳이 아니다. 오로지 경쟁적인 공부만을 생각하는 이 나라 교육풍토는 인간성을 말살해가고 있다. 갈수록 인간이 들어설 자리가 좁아지는 현실에 답답함과 압박감을 느낀다.

학교는 이제 서로 어울려 아름다운 사회를 만들어가는 교육을 하는, 행복을 맛보게 하는 교육의 장이 아니다. 학교는 진즉에 지식을 파는 곳이 되었다. 초등학교에서 대학교까지 똑같은 현상이다. 참담할 뿐이다.

다 같이 나서서 이 말도 안 되는 교육현실을 타개해나가야 하는데 아무도 고함을 지르는 사람도 없고, 아파하지도, 고민하지도 않는다. 그런 척만 한다. 모두 말들은 잘한다. 글들은 또 얼마나 잘 쓰는가. 그러나 실상 우리는 자기 앞에 있는 밥그릇에만 넘치도록 밥을 퍼 담고 있을 뿐이다. 추악하다.

우리 사회의 못된 현상들만을 그대로 가져온 우리의 교육현실에 나는 절망한다. 이토록 감당할 수 없을 정도로 더러워져버린 사회에서 나는 두 손을 놓고 있을 뿐이다. 어떨 때는 정말 다 때려치우고 훌쩍 어디론가 떠나고 싶기도 하다.

그러다가도 아이들의 까만 눈동자를 보면 나는 저절로 주저앉게 된다. 우린 모두 사람이니까. 그래도 우린 모두 사람이니까.

파랗고 높은 가을하늘 아래 꽃들이 피어난다. 그 하늘 아래로 나는 아이들과 손잡고 꽃구경을 갔다가 왔다.

전력질주

빠르게 시간이 간다. 오늘은 날씨가 흐리다. 우리 반 아이들을 생각하면 기쁘고 기대되고 즐겁다. 올 한 해는 잘 지내게 될 것이다. 하루하루 조짐이 좋고 안심이 된다. 매 순간의 빛나는 모습들은 숲속에 떨어진 햇살 같고, 아침 바다에 솟아오르는 해를 받은 바다같이 반짝인다. 아름다운 사람이여! 이들 또한 새싹, 이 세상에 새로 피는 나뭇잎, 달빛 아래 출렁이는 물결 같은 자연이므로. 나는 복이 참 많은 사람이다. 내가 아이들로 인해 기뻐하면 아내는 나보다 몇 배로 행복해한다.

아이들을 데리고 밖에 나갔다.

운동장에서 달리기를 시켰다.

아이들이 힘껏 달린다.

무슨 일이든 '힘껏'은 아름답고 진지하다.

봄볕 속, 아이들의 양보 없는 전력질주가 나도 좋다.

아이들이 달리는 것을 보면 너무나 진지해서 나는 늘 웃음이
나온다.

중간고사

오 늘 은
시험 보는 날.
나는 죽었네.
나는 죽었어.
왜냐하면
꼴등을 할 테니.
나는 죽었네.

5학년 임채훈

다람쥐와 노루

    어제는 아이들과 학교 뒤란에 있는 밤나무 밑에 가서 알밤을 주웠다. 밤나무 가지에 달린 밤송이를 향해 돌팔매질을 하면 밤나무 가지가 맞아 밤송이도 떨어지고, 알밤도 툭 떨어진다. 아이들이 달려가 풀숲을 헤치고 "여기 있다! 여기도 있다!" 알밤을 줍는다. 이 알밤은 토종 늦밤이다. 밤알이 어찌나 야무진지, 주워다가 책상 위에 밤을 부어놓으면 눈이 부실 정도다. 알밤을 볼 때마다 아이들도 탄성을 지른다. 아이들이 다 돌아간 뒤 혼자 교실에 가만히 앉아 있으면 알밤 떨어지는 툭! 소리가 들린다. 얼른 달려가 창문으로 밤나무 밑을 보면, 다람쥐란 놈이 두 발을 모아 알밤을 쥐고 나를 바라본다.

밤나무 밑에서 다람쥐가 낮잠을 자고 있을 때 알밤이 다람쥐 머리 위에 툭 떨어졌다. 다람쥐는 잠결에 벌떡 일어나 달렸다. 노루를 만났다.

"노루야, 바위가 굴러와. 달아나."

다람쥐와 노루가 달려가다 멧돼지를 만났다. 노루가 말했다.

"돼지야, 큰일 났어. 산이 무너진대, 산이."

세 짐승이 달리다가 너구리를 만났다. 돼지가 말했다.

"너구리야, 큰일 났어, 큰일. 지구가 무너진대. 빨리 도망가."

그렇게 달리다가 여우를 만났다. 짐승들은 여우더러 지구가 뒤집어지니 빨리 도망가자고 했다. 여우는 그렇게 달리지만 말고 지구가 뒤집어진 곳으로 가보자고 했다. 그 자리에 알밤이 하나 떨어져 있었단다.

그 알밤을 주울 사람이 없어 산에서 알밤이 썩어간다. 썩어가는 알밤을 구하라.

아이들이 뛰노는 땅에
엎드려 입 맞추다

꽃 핀 운동장에 햇살이 좋다.

살 내놓은 아이들이 튀는 햇살을 차며 뛰논다. 눈부시다.

아름다우면 배고프다. 피는 꽃 보면 배고프다.

지는 꽃 보면 더 그런다.

내 오래된 허기다.

아이들이 바람에 날리는 꽃잎을 따라다닌다. 가벼이 떠서 나는
나비떼 같다.

저 오래된 인류의 희망, 꽃 이파리들이 하얗게 굴러가는,

아이들이 뛰노는 땅에 엎드려 입 맞추다.

아이들이 다 돌아갔다

유리창에 턱을 괴고 햇살이 비치는 앞산을 오래오래 바라본다. 참 좋다. 오늘은 아이들과 참 잘 지냈다. 아이들과 마음의 거리와 격의 없이 활달하고 유쾌하게 하루를 잘 지내는 것도, 그러지 못하는 것도 다 내 탓이다. 나는 어른이다.

햇살이 앞산등선을 타고 오른다. 학교 뒷산 그늘이 산을 내려와 학교를 덮고, 운동장을 덮고, 강을 건너 마을을 덮고, 슬슬 마을 뒷산을 기어오르는 것을 이렇게 유리창에 턱을 괴고 오래 바라보는 일을 나는 좋아한다. 얼마나 한갓지고 여유로운가. 나무에서 피어난 새잎들이 또렷하고 분명하다. 언제 보아도 신비롭다, 나무는. 저 나무는 지금 감나무다. 저렇게 밭가에 드문드문 서 있는 감나무들을 나는 좋아한다.

비닐 씌운 밭도 있고, 붉은 흙이 드러난 밭도 있고, 고추를 심어 놓은 밭도 있다. 아하, 저건 담배인가보다. 담뱃잎이 벌써 파랗게 밭을 덮고 있다. 밭 위는 솔밭이다. 솔밭 속에 미루나무들이 있고, 밤나무도 드문드문 서 있다. 작은 산이지만 숲이 깊어 보이고 울울해 보인다.

나는 저 산을 평생 동안 바라보며 살았다.

이런 날 이렇게 앉아 산이 안고 있는 마을을 바라보고 있으면 마음이 환해지고 산도 환해진다. 환한 산, 때로 티 하나 없이 환한 마음을 가진 나는 행복하다. 좋다.

농부가 소를 앞세우고 산을 오른다. 오래오래 대지와 함께 산 사람이다. 천천히 산으로, 산 속에 있는 밭을 갈러 가는 농부들의 모습은 성스럽다. 땅과 한 몸을 이루는 저 삶의 모습은 물질만을 앞세운 이 천박한 사회에 대한 항변이다.

나는 내 몸과 마음에 곱게 박힌 저 풍경에 숱한 상처를 내는 모습을 보며 살았다. 야만스러운 인간의 폭력이 참다운 세상 질서를 유린한다. 그 상처 위에서 나는 시를 쓰고, 아이들을 가르치며 살았다. 내 삶도 한곳에서 정말 오래되었다. 낯선 풍경보다 눈에 익어 오래된 풍경들 속에서 나는 늘 새로운 것들을 찾아내며 살았다.

집에 갈 시간이다. 저 산속에서 그리움이 새잎처럼 움트고, 저 산속에서 사랑이 내게로 오고 새잎에 떨어지는 아침햇살처럼 시가 내게로 왔다. 섬광처럼 와서 나를, 내 몸을 환하게 밝혀주었다. 고요함, 적막함, 적요함…… 하루 종일 빛나던 해가 그렇게 날마다 산을 넘어갔다.

아이와 함께 울다

오늘 저녁에 학예회를 했다.

연습을 하다 말고 성민이가 보이지 않았다. 성민이가 수돗가에서 혼자 울고 있었다.

왜 우느냐고 해도 대답은 하지 않고 닭똥 같은 눈물만 흘린다. 교실로 데리고 들어가 다시 물었더니, 오늘 아빠도 할머니도 오시지 않는다고 했다며 더 운다. 얼른 끌어안고 등을 쓸어주며 나도 울었다. 아이를 안고 이렇게 울긴 처음이다. 성민이도 나를 꼭 안고 더 운다. 날이 어두워지고 있다.

농작물과 아이들

학교 옆 밭에 작은 비닐하우스 한 채가 있다.

점심시간에 1학년 아이들이 운동장에서 놀다가, 돌멩이 던지기 시합을 했단다.

비닐하우스 지붕에 구멍이 나서 그 집 할머니가 학교로 찾아오셨다.

1학년 교실에 가서 누가 그랬냐고 하니까 민수, 대길이, 두환이가 나와 내 앞에 선다. 왜 그랬냐니까 아무 말도 못 한다. 겁을 주려고 너희들은 큰일 났다, 이제 어쩔래, 그랬더니 대길이는 천연덕스럽게 "우리 집에 비니루 많아요. 가지고 오께요" 그런다. 그 옆에 있던 두환이는 아무 말도 못 하고, 눈물이 그렁그렁한 눈으로 나를 처다본다. 내가 민수를 바라보며 민수는? 했더니 "나는 돈 4만원 가지고 오께요" 한다. 어떻게? 그랬더니, 아무 말도 못 한다. 모두 천연덕스럽다.

옛날에는 등하굣길과 학교 주위의 농작물과 과일 때문에 학교가 조용할 날이 없었다. 무, 감, 오이, 고구마, 감자, 옥수수, 수수, 수박 등 철철이 아이들은 농작물을 건들고 서리해 먹었다. 다 내가 나서서 해결을 해야 했다.

요 근래 들어, 아니 10년이 넘게 이런 일이 없었다. 아이들이 농작물에 손대지 않는다. 살구도 안 먹고, 학교 뒤에 있는 홍시감도 안 먹는다. 가을이 되면 학교 운동장에 그렇게나 많이 떨어져 있던 감 쪼가리나, 감씨나 밤껍질이 눈을 씻고 보려야 볼 수가 없다. 세상이 많이도 변한 것이다.

사랑하라

한 여자를 깊이 사랑하면 그 사람은 삶이, 행동이, 우아해진다.

풀잎 하나도 함부로 대하지 않고, 행동이 한없이 너그러워지고 겸손해진다.

사랑하라. 사랑하라. 사랑하라. 진정한 사랑만이 사람을 크게 키운다.

사랑은 평화다. 사랑은 세상을 다 읽게 하는 책 읽기요 가장 아름다운 글쓰기다.

사랑은 슬픔, 기쁨, 눈물, 행복, 희망, 절망, 환희, 감동, 삶과 죽음이 함께한다.

사랑은 사람을 크게 키운다.

욕심

욕심은 병이다.

꼭 탈이 온다.

반드시 병이 온다.

마음이 시키는 순리와 진실을 따르면 조금은 일이 터덕거리고 힘이 들지만 그러나,

그 마음은 늘 평화롭기 때문에 지혜의 문턱에 이르러 있다.

무리함은 무리함을 부른다.

자업자득이다.

무리하지 말라.

무리라는 말은 나만을 생각한다는 말이다.

순리를 따르라.

내 몸이 아프거나 마음이 아프면 반드시 그 원인이 있다.

어디선가 세상에 쓸모가 없는 욕심을 부렸던 것이다.

소희

시들어가는 나무에 물이 오르고
새싹이 돋는다.
물을 잃은 풀잎이 물을 찾아 풀잎이 서서히
색을 찾는다.
나를 보고 웃으며 달려와 내 손을 잡는 소희.
상처받은 아이들의 회생은
내게 눈물이고 희망이다.

인간은 아름답다. 상처를 스스로 딛고 일어서는 어린 영혼들을
보며 나는 인간에 대한 한없는 믿음을 갖는다. 아이들의 존재는 인
간 세상에 대한 근본을 거듭 묻는다. 자기의 슬픔과 눈물로 되살아

나는 아이들을 본다. 제 눈물로 자기를 적시며 싹을 키우는 아이들을 본다. 소희야, 사랑한다.

빡빡 빈 내 머리

    어제 갑자기 내 머리통이 어떤 모양으로 생겼을까, 궁금해 견딜 수가 없어서 머리를 빡빡 깎아보았다. 학교에 오니, 유치원 아이들이 훌훌 뛰며 웃고 좋아하며 내 머리를 만지고 난리다. 1학년 2학년 아이들까지 나서서 모두 크게 웃는다. 좋아한다. 내 머리로 학교 아이들이 즐겁고 재미있다. 교실에서 운동장에서 점심시간에 만나는 아이들마다 나보고 고개를 수그리라고 한다. 그러고는 내 머리를 예수님처럼 만진다. 그리고 즐거워한다. 신나고 즐겁고 재미있다. 오늘도 아이들이 내 머리를 만지고 싶어 안달을 한다. 한 번 만지는 데, 100원씩이라고 해도 아이들은 내 머리 만지기를 좋아한다. 나는 일일이 고개를 숙여 아이들이 내 짧은 머리를 만지게 한다. 어떨 때는 떼로 달려들어 나를 에워싸고 내 머리를 만진다. 아이들은 늘 재미있다. 아무것도 아닌 것으로 그들은 즐겁고 신나고 신기해한다. 호기심이다. 아이들은 자기의 생각을 늘 그렇게 솔직하게 표현한다. 신비함을 잃어버리고, 그것을 표현하는 것을 잃어버린 사람들이 불쌍하다.

나

나에게 말해봐.

그래, 잘못을 빌어봐.

미안해, 잘못했어.

네가 너에게 용서를 빌어봐.

네가 너를 자세히 들여다봐.

네가 너를 바라보면 네가 보일걸.

사나운 너,

불평뿐인 너,

뭔가 두 손 가득 들고 딱딱하게 굳은 얼굴을 가진 너,

늘 다음을 걱정하는 초조한 너,

다 너야. 모든 일은 너에게서 일어나지.

몸이 아프잖아?

그럴 때 빌어.

나에게 이렇게 빌어봐. '잘못했어.'

다 나 때문이지.

모든 걸 내려놓고

빈 마음일 때 진정한 너를 보게 될 거야.

세상에서 나를 가장 잘 아는 사람은 나다.

시인

하늘이 높아졌다. 어느 날 갑자기, 정말 갑자기 살갗에 닿는 바람결이 달라졌다. 정말 달라졌다. 하루아침에 바람결이 이렇게나 달라지다니? 먼 산 빛이 다르다. 벼 모가지가 쑥쑥 올라온다. 쑥쑥 올라오는 벼 모가지를 보니 하얗게 꽃이 피어 있다. 길가에 있는 풀들을 보면 봄여름에 피지 않았던, 이 세상 모든 풀들이 지금 꽃 핀다. 바라구풀, 강아지풀도 지금 꽃 핀다. 이 세상 모든 나무와 풀, 꽃 피지 않은 나무 없고, 열매 달지 않은 풀 없다. 어머니는 참깨를 거두어 길가에 삼발로 세워두었다. 고추가 동네 큰길가에 붉게 널린다. 한낮에도 길섶 풀밭에서는 풀벌레 울음소리가 또렷하게 들린다. 가을이다. 가을이 이렇게 우리 곁에 우리 몰래 와버린 것이다. 길가에는 물봉선꽃, 고마리꽃, 구절초꽃, 쑥부쟁이꽃, 마타리꽃 들이 피어난다. 가을 풀꽃들이 그렇게 모여 피어난다. 그 풀꽃들 속에 억새가 하얀 모가지를 내민다. 바람이 불면 풀꽃들이 흔들린다. 차를 타고 가다가 내 옆에 앉은 사람에게 "저기 봐! 저 꽃들 좀 봐" 하며 도랑가에 피어 있는 풀꽃 무더기들을 가리킨다. "어머! 세상에 언제 저 꽃들이 저렇게 피었대요" 한다. 시인은 말한다. 저기 꽃이 피어 있다고 여름이 가고, 가을이 왔다고. 시인은 말한다. 저기 저 마을에 사람들이 살고 있다고, 사람들이 싸우고 있다고, 사람들이 서로 미워하고 있다고, 사람들이 저 가을 풀꽃 아래서 행복을 만들지 않고 돈만 쫓고 있다고. 시인은 한 계절의 모퉁이에 핀 꽃들을 보라 한다. 일손을 놓고 색이 달라진 하늘 아래 흔들리는 풀꽃을 보라 한다.

심심한 하루

아침에 출근해보니, 지현이가 혼자 앉아 있다. 재석이는? 그랬더니, 아파서 못 왔단다. 다해도 안 왔다. 이런? 이거 뭐여? 세 명 중에 둘이 안 오면, 이거 어쩌자는 거여? 혼자 멍하니 앉아 있는 지현이가 불쌍하다. 사람에게 사람이 제일 중요하다.

지현이는 하루 종일 시무룩하다. 여기저기 헤맨다. 어쩌다보면 1학년 교실에서 놀고 있다. 나랑 이야기도 하고, 책도 보지만 심심하다.

날씨 참 좋네!

푸르게 우거지는 산으로 꾀꼬리가 울며 난다. 자기처럼, 무심하게 날고 우는 일에만 열중하라고? 한번 그래보라고!

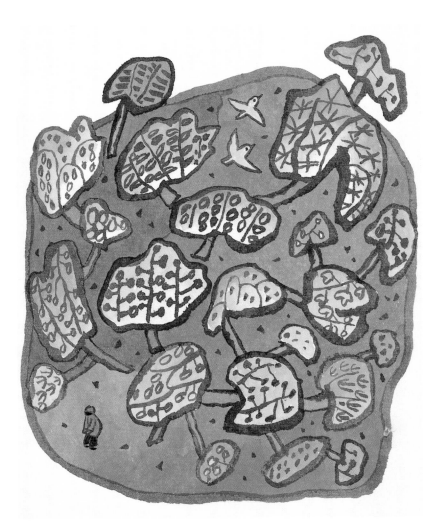

눈을 조심하라

메모리 뚜껑을 잃어버렸다가 찾았다. 새끼손가락 첫 마디만한, 그 작은 것도 아이들의 눈을 피하진 못한다. 아이들과 교실과 운동장과 풀밭을 다 뒤졌으나 없더니, 화장실 개수대 휴지통에서 그것을 본 아이가 있었던 것이다. 나는 놀라웠다.

그 작은 것이 아이들 눈에 뜨이다니?

눈은 무섭다. 눈을 무서워하라.

봄날은 간다

태어난 그 자리 그곳에 서서 평생을 사는 것들은 아름답다. 나무와 풀이 그렇다. 아름답다는 것은 완성되었다는 것이다. 느릅나무는 400년을 살고 참나무나 너도밤나무는 500년, 보리수나무, 주목, 느티나무는 1,000년을 넘게 산다. 우리 동네 뒷산에는 500년쯤 되는 귀목나무가 있다. 우리 마을과 같은 나이를 먹었다. 그리고 앞강 언덕에는 200년쯤 되는 정자나무가 한 그루 있다. 우리 아버지와 할아버지가 그 나무 아래에서 자랐고, 나도 그 나무 아래에서 자랐다. 우리 집 앞강 언덕에는 30년쯤 되는 느티나무가 한 그루 있다. 내가 심은 나무다. 그 나무 아래 서서 사람들에게 이게 내가 심은 나무라고 하면, 다시 한번 그 나무를 올려다보며 '에이, 뻥치지 마라' 하며 믿으려 들지 않는다. 내가 스물일곱에 심은 이 나무의 우람함을 보고 사람들은 내 말을 믿지 않는다. 그 나무그늘 아래로 100명도 더 넘게 들어갈 수 있다. 그 나무는 지금 내 아름으로 한 아름도 더 넘는다. 내 방에서 눈 뜨면 바로 보이는 그 나무에 오는 봄과, 가는 여름과 가을, 그리고 눈이 내리는 겨울과 새로 잎 피는 봄을 보며 나는 얼마나 기쁘고 행복한지 모른다. 오! 잎 피고 잎 지고, 눈 오고, 달이 뜨는 나무여! 새가 날아와 앉는 나무여! 언제 보아도 늘 완성되어 있는 아름드리 커다란 그 나무를 바라보면 삶에 대한 무한한 신뢰가 우러나온다. 나무 사이를 지나갔던 햇빛과 바람과 빗방울들, 나무 아래에서 키웠던 사랑과 그리고 이별의 눈물들, 수많은 마을 사람들의 사연들을 이 나무들은 알고 있다. 그 오래된 나무들이 새로 역사를 쓰고 새로 시를 쓰듯, 새 정부를 조각하듯 연두색 잎들을 피워내며 눈이 부시더니, 어느덧 초록이 간다. 인간들이 잡지 못할 봄날이 그렇게 또 가고 있다.

한 여인을 사랑할 때처럼

한곳만 너무 오래 바라보고 있으면 그쪽으로만 쏠린 몸과 마음이 아프게 된다.

세상으로부터 오는 병도 실은 다 자기가 만들고 자기가 키운다.

병은 늘 그렇게 자기 자신이 키우고 만든다.

손에 들고 있는 것들을 놓아라. 마음에 담아둔 것들을 비워라. 어디든 달려갈 수 있도록.

그 누구와도 대면할 수 있도록.

어디든 쉴 수 있도록 몸과 마음을 풀어라. 아기가 잠들 때처럼.

한 여인을 사랑할 때처럼 그렇게 만족하라.

끝없는 지평

몸과 마음을 다 준 여자를 안고 있을 때, 그때의 그 너그러워지는, 세상 부러울 것 없는 그 아름다운 평화를 아느냐. 그 끝 간 데 없는 사랑의 지평을 보았느냐. 풀밭을 그 풀밭에 부는 보드라운 바람결을, 우리가 사는 이 세상을 넘어서는 그 아름다운 사랑을⋯⋯ 세상의 모든 경계가 사라지는⋯⋯

너 우리 집 앞으로 지나가지 마!

우리 학교 아이들과 1박 2일로 부산 해운대 해수욕장을 다녀왔다. 하얀 모래, 끝없는 수평선에서 달려오는 파도와 놀고 있는 아이들은 아름답다. 자연과 아이들은 어찌 그리 조화로운가.

신나게 놀고 집으로 오는 길이었다. 차 안에서 우리 동네에 사는 태성이가 내 옆에 앉아서 장난을 하며 왔다. 그런데 태성이가 작은 봉지에 든 껌을 내놓더니, 저 혼자 5개를 다 꺼내 먹어버린다. 그 모습을 물끄러미 바라보고 있던 나는 어이가 없었다.

그래서 태성이에게 "태성아, 너 어떻게 사람이 그럴 수가 있어? 내가 옆에 있는데 나에게 먹어보라는 말도 없이 너 혼자 다 먹어버리다니, 진짜 나 서운하다" 그랬더니, 그 녀석 특유의 웃음을 씩 웃는다. 약이 오른 나는 "너 인자 우리 집 앞으로 지나다니지 마" 그 랬더니, 그 녀석 금세 얼굴이 굳어진다. 왜냐하면 태성이가 학교를 오가려면 우리 집 앞으로 지나다니지 않으면 안 되기 때문이다. 그 녀석이 긴장하자 나는 더 놀리고 싶어 "그리고 너 인자부터 우리 2 학년 교실 복도로 지나가지 마" 했다. 태성이가 화장실을 가려면 우리 교실 복도를 지나가야 한다. 아니면 멀리 돌아서 1층 연구실 앞을 지나가야 한다. 아니나 다를까. 태성이란 놈 한참을 이리저리 골똘히 머리를 굴리더니 "그러면 아래층으로 가지요" 한다. 그때 교장선생님이 옆에 있다가 "태성이 너 인자부터 연구실 앞으로 지 나다니지 마" 그런다. 난리가 났다. 잔뜩 긴장하더니, 금방 울 태 세다.

그리고 집에 와서 나는 「너 우리 집 앞으로 지나가지 마」란 동시 를 썼다.

다슬기를 잡다

학교가 끝나고 집에 왔더니 아빠랑 삼촌이랑 할머니가 있었다. 나는 다른 방에서 텔레비전을 보고 있었는데 아빠가 장산 하우스에 간다고 했다. 왜 간다고 했냐면 물을 끄러 간다고 했다. 아빠가 물을 끄고 집에 와서 나는 운동하러 가자고 했다. 물우리 다리 놓고 있는 데까지 갔는데 빵이 두 개 있었다. 나는 빵을 먹을까 말까 하다가 안 먹었다. 그리고 멀리까지 갔는데, 물이 고여 있는 데에 다슬기가 수천 마리 있었다. 나는 비닐봉지에 있는 빵만 빼고 비닐봉지를 아빠한테 가져갔다. 나랑 아빠가 막 주워 담았다. 다슬기 잡는 것이 땅 짚고 헤엄치기였다. 나랑 아빠는 2시간 30분이나 잡았다. 몇 마리 잡았냐면 998마리 잡았다. 그걸 들고 집에까지 가서 다슬기를 씻었다. 집에 들어가 보니까 7시 30분이었는데 삼촌이 가자고 해서 갔다. 후레시를 갖고 갔다. 한 999마리 잡았다. 다슬기를 들고 집까지 가서 아빠랑 잡은 거랑 삼촌이 잡은 거랑 섞었더니 1,997마리 잡았다. 내일은 많이 잡아서 팔 거다. 삼촌이 다슬기를 팔아서 운동화를 사준다고 했다.

2학년 양대길

반듯한 아이

내가 가르치는 아이들 중에서 정말 좋은 사람이 될 것같이 반듯한 아이들이 있다. 그런 아이들을 보면 나는, 그 아이가 마흔 살이 될 때까지 내가 살아서 그 아이가 성인이 된 것을 보고 싶다. 그런 아이들이 더러 눈에 뜨인다. 세상, 우리가 사는 세상 세파 속에서 그 아이가 어떻게 자랐는가를 보고 싶을 때가 있다.

시간

날씨 화창.
초록으로 건너가는 산천.
5월은 정말 푸르다.
5월에 대한 시를 쓰고 싶다.
시 「빈손」 쓰다.

현아 업고 식당으로 밥 먹으러 간다.
허깨비처럼 가벼우나, 따뜻하다.
내 목을 꼭 껴안는다. 아이가 내 등 뒤에서 내 목을 끌어안기까
지 꽤 오래 걸렸다.

팔천오백원

아침에 비가 뿌리더니, 오후에는 날씨가 활짝 개고 맑은 햇살이 쏟아진다.

학교에서 7,500원을 받을 일이 있었다. 그저께 성현이가 나한테 8,000원을 가지고 왔다. 잔돈 500원이 없어 내주지 못하다가 오늘 내주었는데, 성현이는 자꾸 자기가 8,500원을 냈으니 1,000원을 거슬러달라고 한다. 성현이에게 네가 낼 돈이 7,500원이기 때문에 네가 8,500원을 냈을 리가 없다고 논리적으로 자세히 설명을 해도 성현이는 끝내 마음을 풀지 않고 뚱한 얼굴이다. 때로 아이들에게 는 이성과 논리가 통하지 않는다. 답답하기도 하고 우습기도 하다.

점심시간에 아이들과 수업시간에 배운 민들레를 찾으러 운동장

가를 돌아다녔으나 찾지 못했다. 대신 작은 풀꽃들을 보았다. 개불알꽃이라는 꽃이다. 남색 꽃잎이 넉 장인 이 꽃은 이름이 좀 거시기 하지만 풀꽃들 중에서 제일 일찍 핀다. 땅에 딱 붙어서 피는 이른 봄 풀꽃들은 자세히 들여다보지 않으면 보이지 않는다. 우리 반 아이들과 함께 빙 둘러앉아 꽃을 보고 있는데, 어디서 개구리 울음소리가 들린다.

"어?"

아이들과 나는 놀라서 우르르 달려갔다. 학교 뒤 작은 도랑에서 개구리들이 울고 있었다. 우리 발소리를 듣고 개구리가 울음을 뚝 그친다.

"쉿!"

모두 발소리를 죽였더니 금방 다시 운다. 오랜만에 듣는 개구리 울음소리가 맑다. 개구리 울음소리를 들은 김에 아이들과 학교 뒤에 있는 밭가에 가본다. 비 맞아 촉촉하게 땅들이 보드랍다.

학교 뒤에서 바라보는 강변에도 봄빛이 무르익는다. 아이들과 나란히 서서 산과 들과 강, 마을에 오는 봄을 오래 바라본다. 버들가지가 피어나고 고기들은 깊은 물에서 풀려나오리라.

교실에 들어와서 아이들에게 책에 나온 민들레를 그리게 했다. 아이들은 푸른 하늘을 배경으로 샛노란 민들레꽃을 맘껏 피워올린다. 유리창을 넘어 태극기가 바람에 펄럭인다. 태극기가 바람에 펄럭이는 우리나라 초등학교다.

농사꾼

새벽에 더워 깼다. 땀이 났다. 달빛이 거실까지 가만히 찾아와 있었다. 아름다운 달빛. 뒤척이다가 잠들었다.

가만히 있어도 땀이 난다. 바람이 일어나기도 한다. 출퇴근길 논에 벼들이 많이 자랐다. 논두렁 위로 한 뼘씩 솟아 보인다. 아버지는 논두렁 풀을 잘 베어야 벼들이 잘 자란다고 했다. 아버지는 논두렁을 꼼꼼하게 베었는데, 아마 논두렁 위로 솟아오른 벼 모양의 멋을 생각해서였는지 모른다. 다른 것은 몰라도 아버지는 농사에 멋쟁이셨다. 소도 동네에서 제일 깨끗하게 잘 길렀고, 초가지붕도 멋있게 다듬으셨고, 감나무를 하나 길러도 탐스럽게 키우셨다. 무엇을 만드는 솜씨는 없으셨으나, 지붕을 이어놓고 처마를 가지런

240

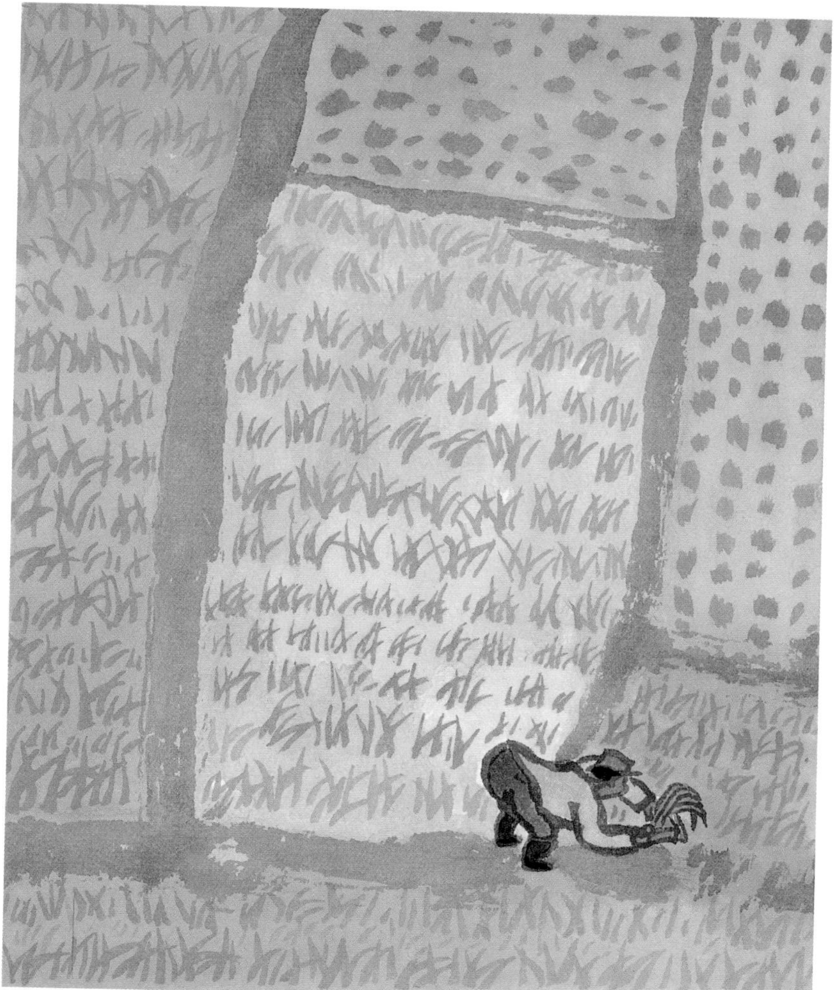

하게 이발(?)하실 때의 모습은 자못 심각하시고 또 세련되어 보이셨다.

큰집 용조 형의 솜씨나, 친구 윤환이의 농사 솜씨는 전형적으로 농사를 예술로 승화시키는 농사꾼이었다. 작대기 하나를 만들어도, 나무 한 짐을 해도, 통발 하나를 만들어도 그들이 만든 것은 '작품'이 되었다. 그들이 논두렁을 베면 그 논의 벼들이 빛나 보였다. 농사꾼들은 예술가들이었고, 쟁이들이었고, 자연을 가장 잘 이해하는 생태주의자들이었다. 또 위대한 시인이었다. 말하자면 농사꾼들은 세상과 자연을 종합하고 해석하고 정리, 응용, 적용할 줄 아는 철학자였던 것이다.

빨래를 개며

혼자 밥도 해 먹고, 설거지도 하고, 청소도 하고, 혼자 조용히 자고, 잘 마른 빨래를 개면서 혼자 생각한다. 땅을 딛고 살자. 혼자 잘 먹고 잘 살려고 하지 말자. 아등바등하지 말자.

세상에 무엇이 아쉬운 사람이 되지 말고, 진리와 진실에 목마른 사람이 되자. 뛰놀 땅만 있으면 행복한 아이들을 보라.

땅을 차고 뛰노는 아이들이 내게 말한다.

둘러보라! 성찰하라! 나에게 내가 차분하게 말한다.

내 마음이 하는 내 말을 내가 새겨들어라.

말과 글

살다가보면

마음에 생각이 고입니다.

시인은 그 생각이 말이 되기를 기다립니다.

그러나 그 생각들이 말이 되었다고 해서 말을 바로 꺼내면 안 되지요.

고인 말들이 익어 스스로 넘쳐나야지요.

흘러넘칠 때까지 기다려야지요.

생각이 흘러넘치면 시인은 조용히 그 말들이 차례와 순서를 지키도록 거짓말처럼 살짝 손질을 해주는 것이지요.

차례를 지키도록 하면 됩니다.

순환과 순리를, 그리고 무수한 반전과 비약을, 세상의 그 아무것도 방해받지 않을 분분한 자유를.

나는 기氣가 이理를 태워야 한다는 생각을 갖고 있습니다.

단풍

    찬 이슬 내렸다.

    찬 이슬 맞고 감잎 진다. 우수수 진다. 붉은 감잎 뒤란 장독 뚜껑 위에 툭 떨어진다. 저 감잎 지는 소리에, 어메! 간 떨어지겠네. 단 풍 물든다. 우리 학교 운동장 가 벚나무도 단풍 물들어 눈길을 사로잡고, 저 살구나무 단풍도 좀 보아라. 일곱 살 때 보던 저 살구나 무에 나이 들고 늙어 고색도 창연하게 다문다문 꽃 피어 노랗게 살 구 달고 서 있더니, 저 살구나무도 단풍 들었구나. 아이들이 은행 잎을 주워 손에 들고 뛰어다닌다. 어메! 저 산 아래 묵정 밭머리에 낮술 먹고 저 혼자 취해 붉어지는 뿔나무(붉나무) 좀 보아라. 저 뿔 나무, 일찍 물든 것이 오래도 간다. 눈을 하얗게 쓰고 붉게 취해 서서 호호호 손을 불 때까지 붉어라. 오라! 너는 물싸리나무로구나. 이른 봄 흰 꽃송이를 그 작은 가지에 그리 많이도 다닥다닥 달고 서 있더니, 단풍 물든 잎도 곱구나.

단풍 물든다. 산에 불을 지르는구나. 동네 앞 당산나무도 단풍 물든다. 가난한 마을에 저렇게 부자로 저렇게 화려하게 물드는 나무가 또 어디 있더냐. 맘껏 물들어라. 허리 굽은 우리 어머니 그 나무 아래로 황금덩이같이 누런 호박 머리에 이고 돌아오신다.

어메! 네 맘 내 맘 단풍 들었네. 나는 어제 노랗게 물들어가는 팽나무 아래 앉아 한나절을 내 여자랑 놀았다네. 단풍 물들어가는 산을 보고, 고운 단풍 물든 산 따라 물드는 강물을 보며 내 맘도 네 맘도 색색으로 물들이며 놀았다네.

이 산 저 산 이 나무 저 나무 들이 물들어오고, 이 물 저 물이 다 물들어간다. 물들지 않은 사람들아! 저 고운 단풍물 한 점 그대 맘에 떨어뜨리지 못하고 떠도는 불쌍한 인생들아, 잘 산다는 것이 무엇이냐. 다 덧없고 부질없느니, 우리 모두 티끌 같은 인생이라. 벌레 같은 인생이라. 두 눈을 부릅뜨고 누구를 향해 고함을 지르고, 두 손 가득 무엇을 움켜쥐고 어디를 향해 무엇하러 그리 바삐 달리느냐. 놓아라! 단풍 물든 풀잎 끝에 부는 바람 같은 인생이라. 부릅뜬 두 눈 풀고 움켜쥔 두 손 펴고 단풍 물드는 산 아래 가만히 한

번 서보아라. 그러면 그대도 곱게 단풍 물들어가리라. 그러면 그대 마음 한 자락에 고운 단풍물 한 방울 뚝 떨어지리라.

　가는 세월 봐라! 어느덧 내 발등에 찬 이슬 내렸다.

재활용

아침에 아내가 출근하는 나에게 "여보, 11월이야" 하더니, 학교에 오니 지현이가 "선생님 이 달력 찢을까요?" 하며 10월 달력을 치켜든다. 나는 '벌써, 한 장 남았네' 하며 달력을 찢어 접어 재활용 종이 모은 곳에 버린다. 이런 제길! 재활용이 안 될 가버린 세월이여!

초겨울 은행나무 밑에 가서
큰소리치지 마라

아이들이 단풍나무를 그리는 동안 교실 창가에 앉아 있었더니, 창밖에서 색다른 소란스러움이 느껴졌다. 고개를 들어 창밖을 내다보았더니, 어? 저게 뭐야! 작은 새떼들이 단풍나무 사이를 날아다니고 있다. 100마리도 더 넘을 것 같은 저 작은 새떼는 콩새들이다. 콩새들이 단풍나무 실가지에 앉을 때마다 곱게 물든 단풍잎들이 우수수 떨어진다. 학명이야 따로 있겠지만 우리 동네에서는 손큰 어른 엄지손가락만한 저 새를 콩새라고 부른다. 콩같이 작고 앙증맞아서 사람들이 그렇게 부르기 시작했을 것이다. 새들이 떼를 지어 이 나무에서 저 나무로 날아다니는 것이 거짓말같이 가벼워 보여서 어지럼증이 날 것 같다. 나는 아이들을 창가로 불러 한참

동안 새떼들이 포롱포롱 날아다니는 것을 보고 놀았다. 아이들도 무척 신기해한다. 저 작은 새떼를 보면 겨울이 오고 있음을 알 수 있다. 겨울의 문턱을 넘어온 것들이 또 있다. 교실에서 조금만 고개를 들어보면 강물이 보이는데, 그 강에도 철새들이 날아와 놀고 있다. 청둥오리떼다. 어제 강가에 나가보았더니, 살이 통통하게 오른 청둥오리들 사이에 원앙도 날아와 놀고 있었다. 나는 놀랐다. 강에서 원앙을 처음 보았던 것이다. 나는 저 아름답고 고마운 철새들을 보며 정치철새들을 언뜻 떠올렸다가 금방 지워버렸다.

며칠 전에는 순창에 있는 강천산을 갔다. 맑고 깨끗한 개울물에 노랗고 빨간 단풍잎들이 화려한 모습으로 둥둥 떠내려오고 있었다. 우람하지도 않고 그렇다고 그리 작아 보이지 않는 강천산에 올라갔다. 산을 오르다 둘러보면 작고 소소한 골짜기마다 단풍이 찬란하게 불타오르고 있었다. 시원한 바람이 땀을 식힌다. 전망대 중턱쯤에 아주머니들 대여섯 명이 둘러앉아 찰밥을 먹고 있었다. 내가 그 곁을 지나며 "월드컵 때는 내 살을 떼어줄 것처럼 그렇게들 서로를 얼싸안고 좋아하더니, 자기들끼리만 밥 먹는다"고 했더니, 사람들이 웃는다. 그랬다, 정말 그랬다. 나는 그 찬란하게 빛나던 6월이 생각났다.

이제 떠날 것들은 다 떠나고 남을 것들만 남았다. 들을 바라보면 조용하다 못해 적막하고, 쓸쓸하다. 그러나 한편 생각해보면 저 적막함과 적요함은 무엇인가를 간절하게 그리워하고 있는 것처럼 보인다. 우리들은 너무 크고 거대한 것들을 찾아 살고 있다. 우리들은 또 너무 빠르게 변화에 쉽게 익숙해진다. 변한 것들이 우리 몸과 마음에 익혀져 정이 들기도 전에 또다른 것들이 우리 앞에 충격으로 나타난다. 변화해가는 순간만 있지 변화된 모습은 보여주지 않는다. 마음에 자리잡지 못한 순간들은 사람들을 가볍게 만들고 정신을 부박하게 만든다. 정처 없는, 파편화된 생각들이 떠도는 세상은 공허하다. 서로에게 온기 없다. 철없다.

가을이 가고 겨울이 오고 있다. 사랑의 온기가 그리워지는 계절의 모퉁이에 우리 서 있다. 나는 지금 누구에게 정다운 사람인가. 나는 지금 나누어줄 온기를 가지고 있는가. 크고, 거대하고, 화려하고, 빠르게 변화하는 것들이 불안하고 초조한 우리들의 일상을 충족시켜줄지는 몰라도 우리들에게 따뜻한 행복은 가져다주지 않는다. 저기 날아다니는 한 마리 작은 새의 날갯짓에 나는 감동한다. 먼 데까지 갔다가 다시 돌아온 저 청둥오리들이 노는 강을 보고 나는 행복하다. 나보고, 배부른 놈이 할 일 없어서 오리를 보고 무슨 난리냐고 비웃거나 나무라도 좋다. 그렇다면 우리들이 이 스산한 겨울의 문턱을 넘으며 무엇에 감사하고 자기의 복됨을 느낀

단 말인가. 늦가을 단풍 물든 은행나무를 보고 행복했다는 대통령 후보가 한 분도 없음에 나는 서운하다. 사람들아! 된서리 친 초겨울 은행나무 밑을 지날 때 두 눈을 부릅뜨지도 말고, 큰소리로 말하지도 말라. 몸에 힘주지 말라. 질 은행잎은 바람 한 점 없이도 땅으로 내릴 줄 안다.

계획 없는 인생은 재미있다

나는 섬진강변 작은 마을에서 태어나 지금까지 그곳에 있는 작은 초등학교에서 아이들과 지낸다. 학교는 아주 작아서 우리 반은 2학년 3명이다. 내가 이 학교를 졸업할 때는 18명이었다. 그중에서 나 혼자 중학교를 갔다. 중학교 때는 수업시간 말고 따로 공부를 한 기억이 없다. 다만 순창극장에 들어온 영화란 영화는 거의 다 본 기억밖에 없다. 고등학교는 중학교와 같은 울타리 안에 있는 순창농림고등학교를 다녔다. 농고여서 공부보다 일을 더 많이 했다. 대학에 대해 한 번도 생각하지 않았기 때문에 공부를 하지 않았다. 지금 생각하면 도대체, 나는 무슨 생각을 하며 학교를 다녔는지 모르겠다. 고등학교 때도 나는 순창극장에 들어온 영화는 거

254

의 다 보았다. 돈이 없기 때문에 영화가 시작된 지 30분 후쯤 공짜로 극장에 들어가거나, 자취를 했는데, 밥을 하루에 한 끼 굶어 그 쌀을 팔아 영화를 보았다. 중고등학교 이후 나의 영화 보기는 지금까지 변함이 없다. 한 사람이 한 가지 일을 몇십 년 동안 하다보면 할말이 있는 것이다. 몇 해 전 나는 나름대로 영화에 대한 할말을 써서 책을 내기도 했는데, 그 책이 생각보다 많이 팔려 그동안 보아온 영화관람료 본전을 뽑았다. 말하자면 한 사람이 한 가지 일을 평생 하다보면 그 방면에 어느 정도 눈이 떠지고, 할말이 있는 것이다. 그 할말을 글로 쓰면 '글'이 된다. 글은 그렇게 시작되는 것이다.

고등학교를 졸업하자마자 나는 마을 앞 섬진강에 오리를 키웠다. 그리고 턱없는 꿈과 현실성 없는 수지타산으로 그 사업은 망했다. 나는 서울로 가서 한 달간 낭인생활을 했다. 거지가 다 되어 낙향했다. 순창 동생들 자취집에서 놀고 있는데, 어느 날 동창들이 나를 찾아와 교사시험이 있으니, 시험을 보러 가자고 했다. 나는 꿈에도 선생 할 생각을 해보지 않았기 때문에 가지 않겠다고 했다. 친구들은 나더러 증명사진만 찍자고 했다. 사진을 찍어주었더니, 친구들이 원서 사서 쓰고, 접수를 해와서 시험을 보러 갔다. 그리고 나는 선생이 되었다. 꿈에도 생각해보지 않았던 초등학교 선생이 된 것이다. 모를 것이 사람의 앞날이다. 그때 내 나이 스물하나였다.

선생은 심심하고 지루했다. 시골의 작은 학교는 내 젊음과 맞지 않았다. 선생에 대한 깊은 고민을 하지 않았다. 그냥 내가 학교에서 배운 것처럼 아이들을 가르쳤다. 애정이 있거나, 사명감이 있을 리 없었다. 무미건조하고, 재미없는 심심한 날들이 그냥 갔다. 그러던 어느 날 그 시골 작은 학교로 월부 책장수가 책을 팔러 왔다. 책은 많기도 했다. 나는 그 책들 중에서 제일 폼나게 생긴 '도스토엡스키' 전집을 샀다. 6권짜리였다. 선생이 되어 처음 맞는 겨울방학, 나는 그 책을 읽으며 지냈다. 책은 재미있었다. 세상에 이런 작은 책 속에 그렇게나 많은 세상의 이야기들이 숨어 있었다니, 나는 놀랐다.

어떤 날은 밥 먹고 변소 가는 시간을 빼고 온통 책을 들고 살았다. 방학이 다 끝나자 나는 아주 힘들고 보람찬 여행을 끝마친 사람처럼 마음이 홀가분하고, 알 수 없는 잔잔한 파문이 일고 있음을 알았다. 그 잔물결 위에 바람이 불고 햇살이 따스했다. 방학이 끝나고 집을 나서 작은 들을 걸어 학교로 갔다. 오! 세상에, 세상이 새로 보였다. 앞산이 있었고, 강물이 흘렀으며, 정자나무가 있었다. 작은 마을과 들은 아름다워 보였으며, 새들은 하늘을 날았다. 그랬다. 나는 비로소 세상을 새로 본 것이다. 세상이 새로 보이면 사랑이 아니던가. 나는 작은 강변마을을 내 가슴속에 담는 풋풋하고 생동감 넘치는, 싱그러운 사랑을 얻었던 것이다.

나는 그 뒤로도 전집을 사서 읽기 시작했다. 나는 독서를 통해, 나와 부모님과 농부들과 우리가 사는 세상을 새로 해석해갔다. 나는 책을 통해 우리가 사는 세계를 이해해가고, 책을 통해 한없이 넓어져가는 내 생각들을 확인했다. 어떨 때는 그 넓어지고 높아지고 깊어지는 마음을 감당할 수 없어 숨이 가쁘기도 했다. 내 생각은(세상을 향한 내 사랑은) 한없이 아름답고 장엄했으며, 형편없이 곤두박질치며 치졸하고 한없이 절망적이었다. 절망은 희망이 되고 희망이 또 절망이 되었다. 밤은 길기만 하고, 또 짧았다. 방학 동안이면 나는 꼭 장편들을 독파했다. 『토지』『장길산』『임꺽정』『고요한 돈강』『돈키호테』 등은 방학 동안에 읽었다.

세월이 갔다. 방에 책이 쌓이자 나는 어느 날 이런 생각을 했다. '그래, 저 책들을 사람들이 썼지? 그러면 나도 글을 써볼까.' 그리고 나는 글을 쓰기 시작했다. 무수한 생각이 일고 겁도 없이 생각은 자라났다. 생각을 가로막는 것은 없었다. 너무 복잡한 생각들이 얽히고설켜 나는 생각을 정리하려 애를 썼다. 그게 글이었다. 시도 쓰고, 소설도 쓰고, 동시도 쓰고, 희곡도 쓰고, 평론도 쓰고, 논설문도 쓰고, 닥치는 대로 이런저런 글들을 쓰기 시작했다. 그러나 그 글들이 글의 꼴을 갖춘 글들이 아님에는 두말할 필요도 없었다. 그냥 글시늉이었다. 그러나, 그러나 말이다. 나는 적어도 그때 정말로 세상을 향해 하고 싶은 말이 밤하늘의 별보다 많았고, 앞강의 물고기보다도 많았으며, 강 언덕에 새로 피는 정자나무 잎보다도 더 많았다. 내 생각은 차고 넘쳐 밤을 채우고도 남았다. 아! 얼마나 수많은 생각들이 나를 괴롭히고, 나를 행복하게 했던고. 그리고 어느 날 정신을 차려보니, 나는 시를 쓰고 있었다. 아, 이런! 이것이 뭐여, 세상에 '시가 내게로 왔'던 것이다. 그리고 나는 내가 책을 읽기 시작한 지 꼭 13년 만에 시인이 되었다.

시인이 되었다고 해서 나의 생활이 변한 것은 없었다. 나는 그때 이미 선생으로 평생을 살기로 마음을 굳힌 뒤였다. 싱싱한 어깨를 가진 푸른 청춘으로 코흘리개 아이들과 함께 인생을 시작했으니, 머리가 허옇게 될 때까지 아이들 곁에 머물러 일생을 보내는 것도 좋은 일이라고, 그런 삶도 아름다운 일일 거라고 생각을 굳힌 뒤였다. 나는 인생을 준비하지 않고 살기로 했다. 나는 살 줄 알았던 것이다. 나는 그때 이미 인생이 아무것도 아니라는 것을 알았고, 그리고 인생이 얼마나 허무하고 허망한 것이라는 것도 알았던 것이다. 그렇게 내게 주어진 내 인생을 나의 것으로 귀하게 가꾸어가기로 했던 것이다.

나는 복이 참 많은 사람이다. 내가 세상에 태어났으니 그게 큰 복이고, 그리고 지금도 우리가 사는 세상에서 살고 있으니 복이다. 어떤 사람은 자기에게 주어진 복을 차고 사는 사람이 있고, 어떤 사람은 자기에게 주어진 복을 가꾸며 사는 사람이 있다. 어떤 사람은 자기에게 처한 어려움과 고통을 자기의 복으로 가꾸는 사람이 있고, 어떤 사람은 그 괴로움과 고통을 아까운지 모르고 버리는 사람이 있다. 절망과 고통과 삶의 괴로움을 자기의 살과 피와 뼈대로 가꾸지 못하면 그 삶은 죽을 때까지 괴로울 수밖에 없다. 우리가 사는 이 세상은 고해다. 그 누구도 삶의 고통과 괴로움으로부터 벗어날 수 없다. 그게 인생이다. 불행을 행복으로 가꿀 수 있는 것은 사람뿐이요 삶은 아름다울 수 있다고 나는 믿었다. 가난한 작은 마을에서 강과 산과 나무와 농부들의 일생을 보며, 나는 세계를 얻었다. 그것은 기쁨이었고, 행복이었으며, 공부란 떠나기 위한 것이 아니라 끝없이 고향으로 돌아오는 것임을 나는 알았다. 나의 많은 복 중에서 나는 세 가지를 갖고 태어났다. 아니 나는 그 많은 복 중에서 세 가지 복을 가꾸며 살았다.

그 복 중에 한 가지는 꿈에도 생각하지 않았던 선생이 된 것이다. 스물 전까지 한 번도 생각해보지 않았던 선생이 되어 지금까지 살고 있지만, 나는 초등학교 선생 이외의 그 어떤 것도 생각해보지

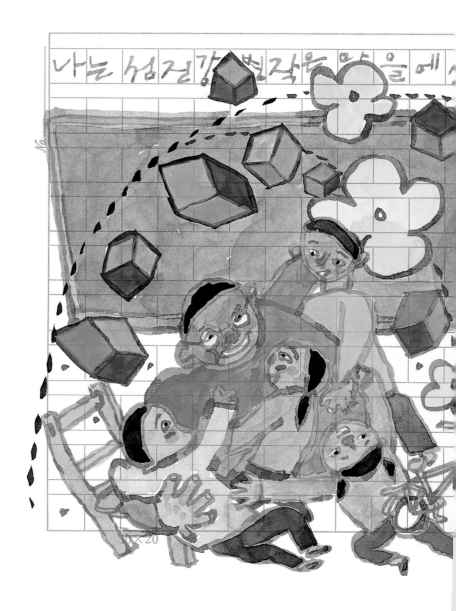

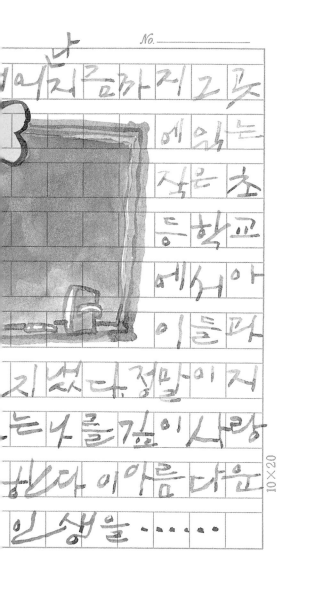

나

의 지금까지 그 곳
에 있는
작은 초
등학교
에서 아
이들과

지났다. 정말이지
는 나를 깊이 사랑
한다. 이 아름다운
인생을 ……

않았다. 초등학교 선생으로서의 내 인생의 가치, 그 외에 어떤 가치 있는 것이 있는지 몰라도 나는 아직 그 어떤 것도 찾지 못했다. 교사는 가르치면서 배운다. 가르치면서 배우지 않으면, 교사가 아니다. 가르치면서 배운다는 것은 가르치면서 반성한다는 것이다. 바르고 정직한 반성은 자기를 키운다. 사람이 되어가는 것을 자기에게 가르친다. 그게 교육이다. 교육은 자기 교육인 것이다.

　나는 주로 2학년을 가르치면서 살았다. 어린이들은 세상을 신비한 눈으로 바라본다. 이 세상 모든 것이 다 새것이다. 초등학교 2학년 어린이들의 몸은 풀잎처럼 깨끗하고, 초등학교 어린이들의 마음은 이슬처럼 맺혔다가 이슬처럼 꺼질 줄 안다. 초등학교 2학년 어린이들은 우리 인간이 살아오면서 만들어놓은 온갖 사회과학적인 용어들이 통하지 않는다. 초등학교 2학년 어린이들과 오래 살다보면 우리 인간들이 그 얼마나 책임질 수 없는 사악한 말들을 함부로 지껄이며 사는지 알 수 있다. 어린이들은 어떤 일에 오랫동안 연연하지 않고 새로운 것을 찾는다. 어린이들은 현실에 필요한 것들을 생각한다. 어린이들은 쓸모없는 사색(?)을 하지 않는다. 아무것도 아닌 것을 그렇게 신기해하고, 아무것도 가지고 있지 않아도 뛰어놀 땅만 있으면 아이들은 행복하다. 나는 이런 어린이들과 일생을 사는 게 큰 복이라고 생각하며 살았다. 누가 내게 이런 복을 주겠는가. 아무나 이런 복을 갖고 태어나지 않았으며, 아무나 이런 복을 복으로 생각하며 살진 않는다.

만원버스를 탔을 때, 대다수 사람들은 자리에 앉으려고 한다. 자리에 앉으려고 하는 순간부터 경쟁은 시작된다. 그리하여 그 차 안에 있는 사람들이 다 나의 행복한 자리를 차지할 적(?)으로 보인다. 자리를 차지해야 하기 때문에 자기가 앉을 자리 이외의 세상은 보이지 않는다. 그러나 나는 서서 가려 했기 때문에 앞에 앉아 있는 사람도 자세히 보았다. 자세히 보면 이 세상에 예쁘지 않은 사람이 없음을 알았다. 자세히 보면 사람같이 예쁜 것이 어디 있겠는가. 손, 코, 머리, 어깨, 옷, 잠자는 모습, 걷는 모습, 보면 볼수록 다 예쁘다. 어찌 사람뿐이겠는가. 자세히 보면 이 세상은 모두 신기하고, 신비로운 것들로 가득하다. 차창 밖의 나무, 달리는 자동차, 오는 비, 내리는 눈, 불어오는 바람, 피어나는 꽃과 지는 꽃 들, 가을날의 산과 봄날의 산과 산들, 사람들이 자리를 차지하려고 눈을 크게 뜨고 자리를 찾는 동안 나는 그런 것들을 보며 살았다. 내가 조금 힘이 들더라도 그 힘듦을 견디며, 세상을 보았더니, 세상이 다 보이고, 그 보이는 세상을 자세히 보았더니, 모두 아름다웠다. 나는 그것을 썼다. 그게 내 글이 되어주었다. 내 글들은 내가 본 세상의 일들이었다. 사람과 자연, 역사와 사회, 문학과 예술, 노동과 정치 등, 우리 인류가 살아온 것들과 우리가 살고 있는 것들과 우리가 살아가야 할 세상을 나름대로 깨달았고 읽고 또 다만 쓸 줄 알았던 것이다. 자세히 보면 세상은 그 얼마나 신비로운가. 얼마나 많은 것들이 수많은 말들을 하는가. 나는 그들이 말하는 것을 듣고 썼다.

　나에게 또 하나의 복은 오랫동안 농사를 짓는 농부들 곁에 살아온 것이다. 허리 굽혀 땅을 파고 거기에 씨를 뿌려 오랜 시간을 기다려 거기서 뿌린 씨를 닮은 곡식을 거두어 사람을 먹여 살리는 농부들은 위대한 성자를 닮았다. 그들은 자연의 순환과 생태를 그리고, 인간의 도리를 알아 땅에 실행하며 살았다. 땅과 자연에서 배우고 익힌 위대한 생명정신이 작은 마을들을 오랫동안 가꾸어왔다. 자기를 살리고, 세상을 살리는 농부들의 농민정신은 실은 우리를 지탱시켜온 정신의 본령이다. 더디고 느린 삶, 오래 기다리는 농부의 마음은 나를 그리움을 가진 사람으로 만들었던 것이다. 농사를 짓고 사는 사람들이 자연에서 얻은 삶에 대한 깊고 깊은 통찰의 힘은 자연을 닮았다. 농사를 짓고 사는 농부들이 생태와 순환의 이치를 삶에 적용하는 힘은 놀랍다. 인격은 지식이 다가 아니다. 외워 답을 쓰는 그런 공부가 아니다. 인격은 몸과 마음을 갈고 닦는 농사다. 땅을 갈고 씨를 뿌리고 곡식을 가꾸어 거두는 일같이 진지하고, 그러한 진정성 속에서, 땅을 고르듯 마음을 고른 불변의 인간성이 길러지고 땅에 뿌리를 둔 나무처럼 세워지는 것이다. 인격은 벼 익어가는 가을들판같이 섬세하고 진지한 것이다. 그렇게 평생을 같이 살아야 할 마을 사람들 속에서 갈고닦은 인격은 쉽게 무너지지 않는다. 아름다운 인격은 자연의 이치와 세상의 순리를 일치시킨다. 인격은 사람의 마음을 얻는 일이다. 사람의 마음을 얻어본 적이 있는 사람은 알 것이다. 그 무엇으로도 살 수 없는 마음을 얻는 일이, 그것이 얼마나 아름다운 일인가를. 농사 일로 그렇게 삶을 갈고 닦아 인간을 세웠다. 나는 오랫동안 그 아름다운 사람의 마을에 살았던 것이다. 그게 큰 복이었다. 농촌 농업 농민이 이 땅에서 사라지면서, 지금은 그 복이 아픔이 되어가고 있지만 그러나, 나는 그 아픔도 내 복으로 안고 살아가고 있다.

또 하나의 큰 복은, 내가 문학과 예술을 사랑하게 된 것이다. 문학과 예술을 사랑하며 사는 사람은 사소하고, 작고, 느린 것들에게 감동한다. 크고 거대하고 화려한 것들에게 마음을 주고, 시간을 빼앗기고, 넋을 주는 시간보다 작고 사소하고 버림받은 것들에게 마음을 주며 사는 삶, 그게 문학과 예술을 사랑하는 마음이다. 작고 사소한 것들은 다 아름다운 생명력을 가지고 있다. 나무와 풀과 꽃과 바람과 비와 햇살들, 늘 나와 같이 있는 이 작은 생명이 세상을 보는 눈을 길러주었다. 살아 있으라, 라고 일러주었다. 그러한 것들이 세상을 새로 보는 눈을 갖게 해주었다. 이 세상에 새것은 없다. 다만 새로운 눈으로 세상을 해석하는 새로운 생명의 눈이 있을 뿐이다.

나는 우연히 내게 주어진 교사로 살았다. 나는 계획이 없는 사람이다. 아니 계획을 세울 필요가 없었다. 나는 스물다섯 살 무렵 내 인생의 길을 정했다. 나는 그 길을 사랑하기로 했다. 스물한 살 새파란 청춘 시절 코흘리개 아이들 곁에 우연히 섰으나, 나는 그 길에서 내 생의 한 시절이 끝나기를 바랐다. 지금 내 머리에 하얀 서리가 내렸다. 내 앞에 아직도 어린 영혼들이 나를 바라보면서 앉아 있다. 저 여리고 아름답고 겁 많은 영혼들을 보며 어찌 설레지 않겠는가. 저들을 두고 내가 어찌 딴 길을 가리. 그렇게 사는 삶도 아름다울 수 있으리라 믿었더니, 마침내 그게 그렇게 되었다. 내 한 생이 그렇게 되었으니, 이 어찌 아름답지 않으랴. 때로 힘들어 주저앉았다. 땅속으로 파고들어가버리고 싶을 정도로 부끄러울 때도 있었다. 그럴 때가 어찌 한두 번이겠는가. 그러나 나는 내가 무엇이 되기 위해 열받고 열낸 적은 별로 없이 살았다. 어떻든 아이들 곁에 오래 머물렀던 내 삶은 작고 아름다웠다.

정말이지 나는 나를 깊이 사랑한다.

이 아름다운 인생을……

기다림

가만가만 걸어가 닿고 싶네요.

그리움에 지쳐 까맣게 탄

그대 마음 가장자리에

가만히 얹힌 흰 꽃잎처럼

아슬아슬한 벼랑의 사랑이고 싶네요.

살포시 가 닿는 달콤한 입술 같은 새 이파리들이

비에 젖어 잠잠하네요.

산이 눈이 시리게 푸릅니다.

그대에게 달려가는 마음을 붙잡고 사정도 해보지만

마음은 어느새 저만큼 바람입니다.

하루 종일 내 마음에는 바람이 일고

하루 종일 산새들이 울었답니다.

학교 그만둔 날 아침.

살구나무랑 잘 살았다는

내 글을 한겨레신문에서 보셨는지

그렇게 살구나무랑 살았냐?

잘했다, 잘했어. 고은 선생님 전화에

내 마음에 활짝 꽃 피다.

내 생의 그늘들이 하늘가로,

잔물결들이 강기슭으로

다 밀려나다. 몸도 마음도 맑고 가뿐하게 개다.

나에게도 내가 말한다. 애썼다.

나 없이도 해마다 살구나무 살구꽃은 필 것이다.

다 쾌청.

아이들아! 내 생의 위대한 스승들아! 제발 나를 용서해라.

깨끗한 마음으로 아이들에게 내 살아온 잘못들을 빌다.

인생

이 세상 모든 사람들이 가다가 끝내 이르지 못하고
죽었다던 오래된 그 무서운 길, 길이 없는 그 사랑의 길을
오늘도 나는 찾아 나섭니다.
그들은 그들이고 나는 나지요.
나는 가고 볼랍니다.

보고 싶은 아이들에게

소희야, 곧 봄이 오겠구나.

우리 학교에 봄이 오면 좋지. 그래 덕치초등학교는 영원한 '우리 학교'지. 너희들을 떠난 후 어느 날 학교에 가보았더니, 살구나무가 없어졌더구나. 다 산 거지. 서운했지만, 어쩌겠니. 내가 평생 보고 산 나무다. 살구꽃이 피면 나는 늘 그 나무 아래에서 놀았단다. 살구꽃잎이 내리는 나무그늘 속에 앉아 글을 썼지. 살구나무는 내 지붕이었고, 내 책상이었고, 내 연필, 내 공책이었단다. 소희야 할머니는, 언니는 어떻게 지내시느냐. 궁금하구나.

272

현아야, 할아버지 할머니는 잘 계시느냐. 네가 처음 전학 온 날을 난 기억한다. 다리가 아픈 너를 업고 점심을 먹으러 다녔지. 나는 너를 아주 좋아했단다. 네가 처음 쓴 글 '바스락 소리/뭘까?'는 내 삶의 기억 속에 또렷이 남았단다. 세상을 향해 처음 귀를 번쩍 뜨던 사랑의 소리를 너는 잡아냈지. 승진아, 지금도 그림을 그리는지 모르겠구나. 도화지에 코를 박고 그림을 그리던 기억이 새롭다. 어머니는 언니는 잘 있고, 아버지는 지금도 그림을 그리러 다니시느냐. 승진아, 네 옆에 앉아 네가 그리는 그림을 바라보며 나는 행복했단다. 두환아, 새로 얻은 세번째 동생은 잘 크느냐. 큰형인 네가 동생들을 잘 돌보는 너른 마음을 나는 좋아했지. 형다움이 생겨나는 너는 착했지, 잘 울었잖아. 잘 우는 사람은 착한 사람이란다. 동생의 쉬아 소리를 비 오는 소리로 생각한 네 글을 보며 우리 웃었지. 강산아, 지금은 어느 공사장에 있는지? 네 머리통을 보며 나는 강호동을 생각하며 웃곤 했다. 어쩌면 그렇게 강호동을 닮았는지, 성민아 할머니, 아버지는 잘 계시지. 어느 날 할머니를 만났더니, 성민이가 요즘은 집에 와서 생각을 하지 않는다고 해서 놀랐다. 자연을 보고 네가 하는 일에 대해, 마을과 산과 들과 곡식을 보며 생각하는 힘을 키우도록 너희들을 돕고 싶었단다. 날아가는 새를 보면, 내리는 눈을 보면 어찌 생각이 일어나지 않겠니? 생각은 세상을 바꾸고 가꾸는 힘이지. 채환아 머리통이 돌 같던 채환아, 어느 날 머리로 유리창을 받아 깼지. 참 내, 유리창이 깨지는지 안 깨지는지 머리로 받아보는 사람이 세상에 어디 있겠니? 그게 너였다. 잘생긴 민성아, 어느 날 너의 집 앞을 지나는데, 네가 나를 보고 달려와 크게 안았지. 그때 나를 올려다보며 환하게 웃던 네 모습과 그런 모습을 바라보며 환하게 웃던 네 어머니가 생각나는구나. 연희야, 아버지는 지금도 포클레인을 가지고 일 다니시느냐. 언젠가 밥집에서 보았다. 순하고 예쁜 연희야, 나는 네 아버지와 고모들과 작은아버지들을 가르쳤지. 얼굴들이 다 동그란 모양인데, 너만 갸름한 얼굴이었지. 희진아, 머리를 깎고 선생님과 친구들과 학원 선생님과 엄마가 다 다르게 너의 모습을 이야기하는 시를 쓴 일이 생각나니? 내가 학교를 그만두었을 때 너는 이런 글을 썼다. '김용택 선생님, 저 희진이에요. 항상 같이 지냈는데 가실 걸 생각하니 보고 싶어집니다.' 그래 그렇구나. 희진아 보고 싶구나. 재영아, 나는 너에게 많은 잘못을 했다. 내가 어른인데 왜 내가 너를 더 이해해주지 못했는지 모르겠구나. 재영아, 네가 커서 우리가 어디에서 만난다면 나는 너에게 용서를 빌겠다. 나의 잘못은 어쩌면 너와 나만 아는 일인지도 모른다. 너를 생각하면 나는 늘 이렇게 속으로 말한단다. 재영아, 나를 용서해다오. 너는 어느 날 이런 시를 썼다.

　　거미줄에
　　이슬이
　　동글동글
　　바람에 흔들린다.

　　가만히
　　들어보면
　　음악이 들릴까?

　재영아, 우리 학교에 곧 봄이 오겠지. 봄이 오면 학교 둘레 벚꽃이 만발하고 꽃이 지면 화사한 꽃잎들이 지붕을 넘어 날아왔지. 그러면 너희들은 그 꽃잎을 입으로 손으로 받으려고 고개를 쳐들고 운동장을 뛰어놀았지. 운동장 잔디밭에 풀잎들이 돋고, 오! 아이들아! 내가 사랑했던 아이들아! 그러면 우리들은 운동장을 뛰어다니며 놀았지. 꽃잎이 나비가 되고 우리들이 꽃잎이 되어 붕붕 훨훨 하늘로 날아올랐지. 푸른 하늘로 날아올라 산과 강과 마을과 학교 위를 날아다녔지. 아! 지붕을 넘어 날아오는 꽃잎들이 내 발아래

하얗게 떨어져 쌓이던 그 봄날들을 내 어찌 잊겠느냐.

　대길아, 소희야, 승진아, 두환아, 강산아, 성민아, 현아야, 채환아, 민성아, 연희야, 희진아, 재영아. 너희들은 내 고단한 인생의 길을 환하게 밝혀준 스승들이었단다. 보고 싶구나.

2010년 2월

김용택 씀

김용택 선생님 께

김용택선생님 저희
진이예요. 항상같이
지냈는데
가을 겨을
가을

보고싶어 집니다   2008. 8. 26

글 **김용택**

1948년 전북 임실에서 태어나 1982년 「섬진강 1」 등을 발표하며 작품활동을 시작했다. 시집
『섬진강』 『그 여자네 집』 『그래서 당신』 등과 산문집 『섬진강 이야기』 『사람』 『오래된 마을』
등이 있다.

그림 **김세현**

1963년 충남 연기에서 태어나 경희대학교 미술과에서 동양화를 공부했다. 그린 책으로 『모랫말
아이들』 『만년샤쓰』 『청구회 추억』 『꽃그늘 환한 물』 등이 있다.

문학동네 산문집
아이들이 뛰노는 땅에 엎드려 입 맞추다
ⓒ 김용택 김세현 2010

1판 1쇄 2010년 3월 11일 | 1판 2쇄 2010년 3월 22일

글쓴이 김용택 | 그린이 김세현 | 펴낸이 강병선
책임편집 이연실 최지영 | 독자 모니터 행운바다
디자인 윤종윤 한충현 | 마케팅 방미연 우영희 정유선 | 온라인 마케팅 이상혁 한민아
제작 안정숙 서동관 김애진 | 제작처 (주)상지사P&B

펴낸곳 (주)문학동네
출판등록 1993년 10월 22일 제406-2003-000045호
주소 413-756 경기도 파주시 교하읍 문발리 파주출판도시 513-8
전자우편 editor@munhak.com | 대표전화 031)955-8888 | 팩스 031)955-8855
문의전화 031)955-8889(마케팅) 031)955-2651(편집)
문학동네카페 http://cafe.naver.com/mhdn

ISBN 978-89-546-1010-0 03800

www.munhak.com